Hans Borgelt

Didi und die Rache der Enterbten

Hans Borgelt

Didi

und die Rache
der Enterbten

Ein heiterer Roman

Herbig

2021 aus der Bücherzelle
St. Arnual gerettet

Dieser heitere Roman entstand nach Motiven
eines Drehbuchs von Christian Rateuke
und Hartmann Schmige

Herstellung und Schutzumschlaggestaltung: Franz Nellissen
unter Verwendung von Fotos zum gleichnamigen Film
Satz: Filmsatz Schröter GmbH, München
Gesetzt aus 11/13.5 Palatino auf Linotron 202
Druck: Jos. C. Huber, Dießen
Printed in Germany
ISBN 3-7766-1358-0

Inhalt

Verschwörung in Baden-Baden

»Ich danke euch«, schnaufte Titus Möllemann, »ich danke euch, daß ihr gekommen seid. Daß ihr alle gekommen seid. Und nun seid ihr ja da – seid ihr ja!«

Nach dieser logischen Feststellung ließ er sich schnaufend in den breiten Sessel fallen, der unter seinem Zweieinhalb-Zentner-Gewicht ängstlich knirschte, griff schnaufend zum Rotweinglas, und nachdem er dieses leergetrunken auf den Tisch zurückgestellt hatte, schnaufte er zum viertenmal, jetzt einen kleinen Seufzer dranhängend.

»Einer fehlt!« rief Florentine Starkmann, geborene Möllemann. »Und zwar Otto!«

»Gottseidank!« sagte Albert Möllemann und bekreuzigte sich.

»Den brauchen wir nicht!« stellte Emilio Möllemann fest, und da er seit einem Menschenalter auf Sizilien lebte, war er versucht, einen italienischen Kraftausdruck hinzuzufügen, wer aber hätte ihn hier schon verstanden?

»Natürlich hatte ich auch Otto eingeladen – auch

Otto natürlich –« schnaufte Titus, »aber was hat er geantwortet – hat er was?«
»Na, was?« fragten Florentine, Albert und Emilio wie aus einem Munde.
»Nichts!« schnaufte Titus. »Er hat mir nicht einmal mitgeteilt, ob er den Brief überhaupt erhalten hat – den Brief überhaupt!«
»Den Otto kann man nur mit 'ner Banane aus dem Urwald locken«, sagte Albert.
»Wo steckt er eigentlich?« Albertine hätte es gern gewußt.
»Im Kongo steckt er – steckt er drin – mitten im Kongo!« ächzte Titus.
»Dann kriegen wir ihn erst zu sehen, wenn die Sache spruchreif ist«, sagte Emilio.
»Apropos Sache – zur Sache!« Titus versuchte, sich aus dem knirschenden Sessel zu erheben, unterließ es aber, weil ihm einfiel, daß er im Stehen noch heftiger schnaufte als im Sitzen. Er füllte sein Glas, machte eine fragende Geste zu den anderen, die ungeduldig abwinkten, und zog einen Teller mit Kuchen zu sich heran, von dem er sich während seiner folgenden Worte eifrig bediente, ohne aber deswegen unverständlich zu werden. Essen und gleichzeitig sprechen zu können, das, pflegte er zu versichern, sei eine Kunst, die nun einmal zu seinem Beruf gehöre. Welchen Beruf Titus Möllemann ausübt, davon wird noch die Rede sein.
»Zur Sache also. Wir Vettern Möllemann haben uns

hier – pardon, liebe Florentine – wir Cousinen und Vettern Möllemann haben uns hier –«

»Moment!« rief Florentine gereizt. »Außer mir sehe ich keine weitere Cousine!«

»Sei's drum!« schnaufte Titus, den verlorenen Faden mühsam aufhebend. »Wir Vettern Möllemann – und unsere liebe Cousine Florentine, geborene Möllemann, haben uns hier versammelt, um des Umstands – wenn nicht der Tatsache eingedenk zu sein – haben uns versammelt, weil unser lieber Onkel, Gustav Möllemann, kürzlich sein 84. Lebensjahr erfolgreich vollendet – kürzlich vollendet hat – und noch immer nicht daran denkt – noch immer nicht – pardon!«

Schnaufend, zweimal schnaufend nach so langer, ungewohnter Rede, griff Titus zum Rotwein, goß ihn in seinen mächtigen Leib und schluckte und japste.

»Nicht daran denkt, abzukratzen!« rief Albert respektlos.

»Pfui, Albert!« sagte Florentine.

»Na, is doch wahr!« Albert war schon immer ein ehrlicher Mann, ein Möllemann.

»– daran denkt«, fuhr Titus endlich fort, »uns, seine legitimen Erben, davon in Kenntnis zu setzen – seine Erben – nicht daran denkt, uns darüber zu informieren, wie er es nun mit seinem Nachlaß hält, mit seinem –«

»Zwanzig Millionen!« entfuhr es Florentine.

»Mamma mia!« Emilio schlug entzückt seine groben Hände zusammen.
»Wenn das reicht!« rief Albert.
»Es reicht –«, schnaufte Titus, »es reicht – sicher nicht. Seine Bank ist eine Goldgrube – ist seine Bank.«
Plötzlich wurde es still in dem kleinen Salon des Möllemannschen Penthouses, das sich in luftiger Höhe über dem idyllischen Park von Baden-Baden befand, in dem frühe Rhododendronblüten mit verspätetem Forsythiengelb und unverwüstlichem Krokus farblich wetteiferten. So still, daß man glauben konnte, die gleichmäßigen Schritte der Badegäste in der Trinkhalle hinter dem Kurhaus zu vernehmen.
In den Köpfen der Vettern Möllemann und ihrer lieben Cousine Florentine, geborene Möllemann, aber klingelte, stapelte sich barrenweise glänzendes Gold, in einer riesigen Grube, an deren Rand ein zahnlos grinsender Greis hockte, der die Arme mit dem Triumphschrei ausbreitete: »Alles mein! Alles mein! Kriegt keiner was ab!«
Plötzlich vernahmen die Versammelten aus dem Hintergrund des Salons einen Stoßseufzer.
»Dann können wir uns ja einen neuen Staubsauger leisten, nicht wahr, Tinchen?«
Die Köpfe flogen herum zu dem Stoßseufzenden, einem kleinen, unscheinbaren Manne, der, ob dieser Reaktion erschrocken, noch tiefer in seinen Sessel hineinschrumpfte.

»Halte den Mund, Rüdiger!« rief Florentine streng. »Deine Meinung interessiert hier nicht!«
»Verzeihung«, flüsterte Rüdiger und tauchte wieder ins Nichts.
»Man müßte«, meditierte Emilio, »einen dottore engagieren, um Näheres über den Stand seiner Gesundheit zu erfahren . . .«
»Man müßte«, schnaufte Titus, »herausbekommen müßte man, ob er überhaupt schon, ich meine, an ein Testament überhaupt schon – undsoweiter.«
Florentine fand diesen Gedanken einleuchtend. »Oder ob etwa – müßte man herausbekommen – die gesetzliche Erbfolgeregelung im Falle des Falles –«
»Was im Falle des Falles zu begrüßen wäre«, ergänzte Titus, »weil es die größte Sicherheit für uns wäre – die größte Sicherheit, zum Nervus rerum vorzustoßen – zum Nervus rerum –«
Woraus man ersehen kann, daß sich Titus Möllemann einer humanistischen Bildung erfreute.
»Wir kennen doch die – die – wie sagt man in Deutsch? Ah ja, die Kapriolen unseres geliebten Onkels!« sagte mit warnend erhobenem Zeigefinger Emilio, der Italiener.
»Alles Unsinn!« rief Albert energisch. »Man müßte endlich dafür sorgen, daß . . . Schließlich sind 84 Jahre eine stolze Zeit, und der Nachruf kann ja gut und gern eine halbe Seite in den ›Stuttgarter Nachrichten‹ kosten – in stolzer Trauer undsoweiter und alle unsere Namen darunter.«

»Ja, mindestens«, nickte Florentine, »das sind wir ihm schließlich schuldig.«
»Nur lebt er noch«, stellte Titus fest, griff schnaufend zur Flasche und goß sein Glas abermals voll.
Damit war man wieder am Anfang der Diskussion angelangt, und nicht einmal der unscheinbare Rüdiger wagte das erneut ausgebrochene Schweigen mit einem renitenten Gedanken zu stören.
»Ich kenne jemand ...« Albert erhob sich und trat sinnend ans Fenster.
Aller Augen waren intensiv auf ihn gerichtet, als wollten sie die Information, die in der Luft lag, aus ihm heraussaugen.
»Aber Albert, um Gottes willen!« rief Florentine, ihre noch immer glatten Hände ringend.
»Ich kenne ein junges Mädchen ... ein reizendes junges Mädchen, von dem man weiß, daß es in den einschlägigen Dingen bewandert ist und sich mit Vorliebe für ältere Herren interessiert ...«
Er drehte sich um. »Ihr braucht mich nicht so anzustarren. Ich habe mit ihr nichts gehabt, leider. Mit so jungen Spunden hat sie nichts im Sinn, ich bin ja nur 22 Jahre älter als sie ...«
»Wie heißt sie?« fragte Titus mit glänzenden Augen.
»Babsie.«
»Ist sie hübsch – una bella donna?« verlangte Emilio zu wissen.
Albert warf ihm einen mitleidigen Blick zu, als wollte er sagen: Hätte ich sie sonst ins Gespräch gebracht?

Florentine trat zu Albert ans Fenster. »Gar nicht so dumm, was der Albert da sagt. Was hat unseren lieben Onkel in seinem langen Leben am meisten interessiert – außer Geld natürlich?«

»Die Frauen!« antworteten ihre Vettern im Chor.

»Die Frauen!« wiederholte sie und nickte.

»No capisco, scusi.« Emilio blickte fragend von einem zum andern. »Was, bitte, hat diese Babsie mit Onkel Gustav zu tun?«

»Man merkt«, lächelte Florentine, »daß du schon lange im Ausland lebst. Hat dir deine Mutter nie von Tante Barbara erzählt? Und von Dagmar, deiner Cousine aus Onkel Ferdinands Ehe mit Kristina von der Pfordten?«

»Und kennst du nicht den Fall Katarina Burgsmüller – den Fall kennst du nicht?« Titus vergaß das Schnaufen, so lüstern blickten plötzlich seine Augen, und das Glas, das er gerade wieder gefüllt hatte, schwappte über, weil seine Hand erregt zu zittern begann.

»Ich weiß nur, daß er viermal verheiratet war. Zweimal geschieden, zwei Frauen starben kurz nach der Eheschließung. So was kommt schließlich vor – sogar bei uns in Italien!«

»Ha!« schrie Albert. »Starben ist gut! Die eine ging ins Wasser, freiwillig natürlich, die andere sprang aus dem Fenster, aber ich wette, die ist nicht freiwillig gesprungen, das war Barbara-Wanda, die hatte ein Gemüt wie ein Fleischerhund, ich habe noch keinen Fleischerhund erlebt, der freiwillig aus dem Fenster gesprungen wäre, und was die werte Ertrunkene betrifft, da möchte ich behaupten –«

»Zur Sache, Albert!« unterbrach Titus seinen aufgeregten Vetter. »Zur Sache, bitte!«

»Dann verstehe ich nicht, weshalb du Babsie zu Onkel Gustav schicken willst, una bella donna zu einem so gefährlichen Mann!«

»Eben deshalb, mein Kleiner!« Florentine brach in schrilles Lachen aus. »Ach, unser guter Benjamino italiano ist ein so unschuldiges Kindchen! Da möchte ich mich doch in begreiflicher weiblicher Scheu ein wenig zurückhalten . . . Aufklären müßt *ihr* ihn!« Sie griff nach einem Modejournal und schien sich an der Unterhaltung nicht länger beteiligen zu wollen. Daß sie dennoch die Ohren spitzte, sah man ihr an.

Titus, der neben Emilio saß, legte ihm vertraulich seine Hand auf den Arm. Albert setzte sich an die andere Seite des Italieners. So in die Mitte genommen, erfuhr Emilio nach und nach, was es mit Onkel Gustav und den Frauen auf sich hatte. Es waren schreckliche Enthüllungen.

Kein Mädchen war ihm begegnet, dem Gustav Möllemann nicht sofort nachgestellt hätte. Zu heiraten pflegte er nur in der ersten Zeit seiner Geschlechtsreife. Nach den ersten beiden Scheidungen und dem angeblich mysteriösen Tod der nächsten beiden Gattinnen bemühte er kein Standesamt mehr. Seine Amouren wurden immer häufiger und kürzer. Der

Umstand, daß sein Bankunternehmen – er hatte es nach dem Kriege in Stuttgart gegründet – heftig florierte, spielte ihm das überzeugendste Argument in die Hand: Reichtum. Seine Unwiderstehlichkeit bestand nicht zuletzt aus einem dicken Scheckbuch. Auch die sprödeste Maid gab nach einem fürstlichen Abendessen und mit bestechenden Preziosen geschmückt ihren Widerstand auf. In der Privatbank Gustav Möllemann GmbH & Co. KG gab es keine Angestellte – hübsch waren natürlich alle –, die nicht auf irgendeine Weise irgendwann einmal in die Privat(atmo)sphäre des Chefs emporkatapultiert worden und darin verglüht wäre, nach kurzer Zeit allerdings wieder prompt auf der Erde gelandet, verwirrt und manchmal verstört, immer aber schließlich mit einem Lächeln der Verzeihung und mit wertvollen Erinnerungsstücken reich gesegnet.

Keine andere Bank wie die Möllemannsche verdiene aus so guten Gründen die Bezeichnung Privatbank, pflegten Eingeweihte an der Börse zu schmunzeln – falls ihnen der Börsenalltag einmal Zeit zum Schmunzeln ließ.

»Aber –«, rief Emilio dazwischen, ohne daß er beachtet wurde.

»Was eine Katarina mit ihm erlebt hat – wir wollen es dir lieber verschweigen – wollen wir dir lieber!« nickte Titus, betrübt schnaufend.

»Liegt auch schon zwanzig Jahre zurück«, warf Albert ein. »Wenn nicht fünfundzwanzig.«

»Aber, aber –« Auch Emilios zweiter Unterbrechungsversuch scheiterte.
»Kurz und gut –« mischte sich Florentine wieder ins Gespräch, »wenn Casanova Gustav Möllemann gekannt hätte, hätte er dessen Memoiren geschrieben, nicht seine eigenen – darauf kannst du Gift nehmen.«
»Aber, aber – Onkel Gustav ist doch nun schon vierundachtzig!« Endlich vermochte Emilio seinen Satz zu Ende zu bringen.
»In der Tat, das ist er – ist er das.«
»Na und?« fragte Albert.
»Ich kenne die Männer!« rief Florentine. »Ich sage es mal so: Je oller, desto doller!«
»Ihr wollt una bella donna, wie diese hübsche junge Babsie, zu einem so alten Mann schicken? Was soll sie bei ihm? Am Ende unternimmt er noch den Versuch, sie zu verführen!«
Die anderen Möllemanns blickten sich verblüfft an, brachen dann in ein Lachen aus, das durch den Park fast bis zum Kurhaus hin schallte, und brauchten eine ganze Weile, bis sie sich ihre Tränen getrocknet hatten.
»Er hat endlich kapiert – hat er endlich!« schnaufte Titus, sich ein Stück Käsekuchen in den Mund stopfend.
»Aber wenn es dazu käme – es wäre doch schlimm!« rief Emilio besorgt.
»Nicht für Babsie!« grinste Albert.

»Ach so . . .« Emilio versank in Nachdenken.
»Und wäre es nicht ein schönes, ein sinnvolles Ende – wäre es nicht?« Titus seufzte, als wünschte er für sich selbst nichts sehnlicher. »Mitten drin – will sagen: genau dabei – der Höhepunkt als Schlußpunkt – in den Armen einer jungen Frau – wie in seinen besten Zeiten . . .«
»Wir wären die letzten«, sagte Florentine ergriffen, »die ihm nach einem erfüllten Leben nicht einen schönen, würdigen Tod gönnten. Gewiß wird er sich im Himmel immer gern daran erinnern –«
»– und dankbar auf uns, seine Erben, herabblicken, die wir ihm dieses große Erlebnis ermöglicht haben – dieses große Erlebnis.« Titus wischte sich verstohlen eine Träne aus dem linken Auge und sah sich gezwungen, aufkommende Rührung mit einem weiteren Schluck zu bekämpfen.
»Ach so«, sagte Emilio noch einmal. Dann fragte er: »Wer von euch hat ihn denn zuletzt gesehen – und wann?«
Die Runde verstummte.
»Also ich war mit Rüdiger – ich glaube, vor sechs Jahren –«
»Nein, vor acht Jahren!« rief Rüdiger eifrig aus dem Hintergrund. »Das war, als du die zehntausend Mark von ihm haben wolltest, aber er hat dann –«
»Rüdiger!!«
»Verzeihung«, flüsterte Rüdiger und machte sich auf der Stelle wieder unsichtbar.

»Ich hatte vor etwa fünf Jahren ein Gespräch mit ihm«, überlegte Albert. »Damals wollte er durchaus eine Erfindung von mir finanzieren, die ihn faszinierte, ich aber sah mich aus prinzipiellen Gründen veranlaßt, dankend abzulehnen ...«
Die andern warfen sich bezeichnende Blicke zu.
»Ich habe ihn vor drei Jahren an seinem Geburtstag angerufen – habe ihn –«
»Und? Was hat er gesagt?«
»Ein Geburtstag sei kein Anlaß, ihn anzurufen. Er rufe ja auch nicht bei mir an, wenn ich Geburtstag hätte. Dann hat er aufgelegt – hat er dann. Ihr kennt ja seine freundliche Art – kennt ihr ja seine.«
»Ich glaube –« begann Emilio, und man sah ihm an, daß es in seinem deutsch-italienischen Gehirn heftig arbeitete.
Alle warteten gespannt auf das Resultat seines Denkprozesses.
»Ich glaube!« sagte er, »die Idee mit der Babsie – also, die finde ich gar nicht so schlecht.«

Ältere Herren werden bevorzugt

Babsie, Babsie – was wissen wir von Babsie?
Bis jetzt nur dies: Sie ist jung, reizend, hübsch (»una bella donna«), in den »einschlägigen Dingen« bewandert (was immer das sein mag) und interessiert sich »mit Vorliebe für ältere Herren« (aber einen, der ihr Vater sein könnte, weil er zweiundzwanzig Jahre älter ist als sie, bezeichnet sie als »jungen Spund« und lehnt ihn ab). Außerdem war zu erfahren, daß, »wenn es dazu käme«, für Babsie »es« nicht schlimm ausgehen könnte. Wozu? Was?
Das sind zwar knappe, aber Neugier erweckende Eckdaten einer Biographie, der unsere Aufmerksamkeit nicht vorenthalten bleiben sollte.
Aufgewachsen in einer nordrhein-westfälischen Kleinstadt als Tochter ehrbarer Eltern, über deren Tun und Lassen kein Wort verloren zu werden braucht, weil es wenig zur Wahrheitsfindung beitragen würde, besaß die kleine Babsie in Fragen der Sexualität eine Art sechsten Sinn. Daß sie bis zu ihrem 16. Lebensjahr keinerlei geschlechtliche Erfahrungen gesammelt hatte, darf nicht etwa moralisch

gedeutet werden. Da sie unter ihren Altersgenossinnen weit und breit die einzige Unberührte war, müssen wir versuchen, dem Grund für Babsies (Ent-)Haltung auf die Spur zu kommen.
Mit dreizehn, vierzehn Jahren hatte sie in ihrer Schulklasse sehr wohl bemerkt, wie sich Junge zu Mädchen fand und Mädchen zu Junge, hatte sie sich gelassen die lüsternen Erlebnisberichte der Freundinnen in den Pausen angehört. Auch hätte sie selbst jeden beliebigen Schulkameraden »haben« können – aber sie wollte nicht. Mit sicherem Instinkt spürte sie, daß dieses »es« etwas war, das man nicht abends auf die Schnelle in der Scheune vollziehen sollte oder im Wald, unbequem an einen Baum gedrängt, oder gar auf der Wiese im feuchten Gras. Wenn sie sich die gleichaltrigen Jungen mit ihren pickeligen Gesichtern betrachtete und ihren Maulheldengeschichten von »Weibern« zuhörte, dann grauste es sie. Und je hübscher sie wurde und je mehr ihr die Bengels nachstellten – auch die jungen Lehrer blitzten sie manchmal herausfordernd an –, desto klüger dünkte sie sich in dem Vorsatz, »es« noch zu lassen, zu warten, sich aufzusparen, sich bereitzuhalten für den Augenblick, in dem »es« nicht nur eine informatorisch rundherum gelungene Sache sein würde, sondern obendrein beglückend schön und voller höchster Seligkeit. Je länger sie also wartete, desto entschiedener wuchs ihr gedanklicher Anspruch, desto neugieriger wurde sie auf sich selbst: wann

wirst du glauben, dem Richtigen für »es« zu begegnen? (Daß ihr dabei nicht im Traum einfiel, nach dem Maßstab ihrer Eltern und Großeltern diesen ersehnten »Richtigen« mit dem künftigen Ehemann und Vater ihrer Kinder zu identifizieren, muß ausdrücklich erwähnt werden; sie war, wie gesagt, weit davon entfernt, ihr Verhalten moralisch zu motivieren).
Mit sechzehn trat sie eine Lehre in der örtlichen Drogerie an, und dann war es so weit.
Ihre Eltern bekamen Besuch von einem Jugend- und Schulfreund ihres Vaters aus Köln. Er hieß Bruno. Dieser Name erschreckte Babsie zunächst. Sie hatte Gerhart Hauptmanns »Ratten« im Fernsehen erlebt und tiefe Abscheu gegenüber dem fiesen Bruno Mechelke empfunden. Sie mußte sich also sehr umstellen, um zu entdecken, daß der andere, der neue Bruno ein sehr anziehendes Wesen hatte. Zwar schien er über Babsie hinwegzusehen, dennoch glaubte sie, sein Interesse zu spüren. Daß er es sie nicht merken ließ, lag ganz einfach daran, daß Bruno so alt wie ihr Vater war, dreiundfünfzig. Er schien es für unhöflich, wenn nicht gar für unanständig zu halten, der so kindlich-jungen Tochter seines Schulfreundes gegenüber sich anders zu benehmen, als man sich einem gleichsam neutralen Wesen gegenüber zu benehmen pflegt.
Drei Tage lang blieb er. Drei Tage lang hatte Babsie Gelegenheit, ihn unter die Lupe zu nehmen. Und am letzten Abend stand ihr Entschluß fest.

Als Bruno nach dem Essen das Bedürfnis äußerte, sich noch ein wenig die Beine zu vertreten, fragte Babsie harmlos, ob sie ihn begleiten dürfe. Natürlich hatte niemand etwas dagegen, und so spazierten die beiden friedlich über die Felder hinter dem stadtrandnahen Hause von Babsies Eltern.
Babsie blieb ganz sachlich. Sie fühlte sich gewappnet, als sie mitten in einem belanglosen Gespräch plötzlich die Frage loswurde: »Wären Sie bereit, mit mir zu schlafen?«
»Wie bitte?« Bruno blieb erschrocken stehen.
»Ob Sie mit mir schlafen wollen?«
»Aber Babsie –« Er sah sie an, als habe er die Person, die da vor ihm stand, noch nie gesehen, als entdecke er erst in diesem Augenblick, daß sie nicht mehr die neutrale Teenager-Tochter seines Schulfreundes sei, sondern ein junges, hübsches – ja, auffallend hübsches Mädchen mit einer allerdings verblüffend eindeutigen Frage, die beantwortet werden wollte.
Babsie blickte nun doch etwas unsicher zur Seite. »Vielleicht verstehen Sie mich besser, wenn ich Ihnen sage, daß ich noch nie mit einem Mann ... Aber nun bin ich sechzehn – und irgendwie habe ich zu Ihnen – Vertrauen.«
Bruno senkte den Kopf, bemüht, zwischen ihren Worten weitere, unausgesprochene, herauszuhören. Er schwieg, weil er eine Weile damit beschäftigt war, seine Empfindungen ins Lot zu bringen, Empfindungen, die von allem etwas hatten: Mitleid,

Neugier, Eitelkeit, Begehrlichkeit, Sympathie, ja, sehr viel Sympathie für dieses junge, knospende Geschöpf, in dessen Augen es aufgeregt irrlichterte. Hoffentlich sagt er jetzt nicht begeistert ja, fuhr es Babsie durch den Kopf.

»Höre zu, Babsie.« Er griff nach ihrer Hand. »Ich setze voraus, daß du dir deine Frage reiflich überlegt hast. Hast du das?«

Sie nickte heftig.

»Dann bist du dir darüber im klaren, daß ich siebenunddreißig Jahre älter bin als du?«

Sie nickte abermals, ihm voll in die Augen blickend. Er zögerte, ehe er weitersprach.

»Und – weißt du auch, daß du mit deinem – ich will es etwas lieblos Angebot nennen – daß du mir damit eine große, eine ungeheuer große Verantwortung zumutest?«

»Ich glaube ja«, sagte sie leise und hob verlegen die Schultern. »Wenn ich zuviel verlange –«

»Zuviel nicht«, unterbrach er sie. »Ich wäre bereit – unter einer Bedingung: Nicht jetzt und nicht übereilt. Du kannst es dir noch einmal überlegen. Und auch ich muß mich erst von einer – ja, von einer gewissen Irritierung befreien. Aber wenn ich mich zu einem Ja entschließe, dann soll es ein Fest für dich werden ...«

Babsie umarmte ihn stürmisch.

Er befreite sich behutsam und blickte sie lächelnd an: »Und vielleich auch – für mich?«

Babsies Eltern hatten das Bedürfnis, diesen letzten Abend mit ihrem Freund zu verplaudern. Bruno wollte auch unbedingt erzählen, weshalb er sich vor drei Jahren hatte scheiden lassen und warum er nicht die Absicht habe, wieder zu heiraten.
Babsie hörte eine Weile uninteressiert zu, dann empfahl sie sich und ging schlafen.

Sie saßen im Licht der untergehenden Sonne auf der Terrasse des holländischen Luxushotels, unweit der Grenze, und genossen den warmen Sommerabend. Ein wahrhaft festliches Souper lag hinter ihnen.
Babsie sah reizend aus. Sie trug ein dunkelgrünes, leichtes, weitschwingendes Batistkleid. Ihr langes blondes Haar fiel ungebändigt auf die braungebrannten nackten Schultern. Ihr Gesicht glühte – vom Wein, von der Sonne, von der Aufregung, in der sie sich befand.
Während des Essens hatte sie Bruno genauer betrachtet und endlich begriffen, weshalb sie ihn mochte. Er war kein besonders attraktiver Mann, kaum größer als sie. Durchschnittsgesicht mit etwas zu langer Nase, das dunkle Haar schon gelichtet, fast weiße Schläfen. Aber er hatte strahlende, gütige Augen, um die es manchmal schalkhaft zuckte. Seine Art zu sprechen, zu formulieren, von sich zu erzählen, war so gewinnend, daß sie zuhörend sich

gleichsam an ihn verlor. Was sie so stark an ihm beeindruckte, faßte sie plötzlich in einem einzigen Wort zusammen: »Zuverlässigkeit«.
»Wie bitte?« fragte er überrascht.
»Ah, nichts«, sagte sie hastig. »Bitte, erzähle doch weiter!«
Drei Wochen hatte sie warten müssen, fast schon zweifelnd, ob er sein Wort halten werde. Dann war der Anruf gekommen, sie konnte gerade noch Urlaub nehmen, schwindelte ihren Eltern vor, sie fahre zu einer Freundin aufs Land, und begab sich zu dem verabredeten Treffpunkt. Von hier aus fuhren sie in seinem Wagen nach Holland, wo er geschäftlich zu tun hatte. Die ersten drei Tage aber sollten nur Babsie gehören, so hatte Bruno ihr gleich bei der Begrüßung versichert.
Er strahlte sie an. »Eigentlich müßte ich uns zum krönenden Abschluß eine Flasche Champagner kommen lassen. Soll ich?«
Sie schüttelte den Kopf. »Bitte nicht. Ich möchte nicht betrunken sein ...«
»Gut. Ich verstehe. Gehen wir.«
Ihr Appartement lag auf der Flußseite. Rötlich dämmerte das Abendlicht über dem dunklen Saum des Waldes. Aus der Bar drang gedämpfte Musik.
Babsie stand mit klopfendem Herzen am Fenster, sah hinaus. Als er hinter sie trat, drehte sie sich um, gab ihm einen scheuen Kuß. Er hielt sie fest, zog sie an sich, küßte innig ihren fast geschlossenen Mund,

öffnete mit seiner Zunge ihre Lippen, bis sich ihre Zunge mit der seinen traf. Er küßte bewußt herausfordernd. Ein Zittern durchlief ihren Leib. Sie löste sich aus der Umarmung und wollte anfangen, sich auszuziehen.
Er hielt ihre Hände fest. »Das mache ich«, flüsterte er.
Ihr liebevoll in die Augen blickend, löste er den Gürtel ihres Kleides, öffnete den Reißverschluß. Ihre schimmernden kräftigen Brüste schienen ihn einen Augenblick zu verwirren. Er warf das Kleid auf den Sessel, streifte ihr den Slip ab, hob sie mit beiden Armen hoch und trug sie zum Bett. Schnell hatte auch er sich seiner Kleidung entledigt und legte sich nackt neben Babsie, erneut vereinigten sich ihre Lippen zu einem intensiven Kuß.
Wie hatten sich die Jungen in ihrer Schule darüber lustig gemacht, wenn es ihnen gelungen war, »ein Weib aufs Kreuz zu legen«, wie kaltschnäuzig hatten die Mädchen mit ihrer vollzogenen Defloration geprahlt, von der Beseitigung eines »lästigen Übels« gesprochen! Babsie dagegen genoß diesen wichtigen Schritt nun als unvergeßliches Erlebnis.
Während des Kusses, der kein Ende nehmen wollte, hatte seine linke Hand ihren Körper liebkost, die Brüste gestreichelt, den Leib, ihre Hüften, war am Oberschenkel aufwärts geglitten. Wie selbstverständlich spreizte sie ein wenig die Beine, damit seine Hand vordringen konnte. Und dann wurde

Babsie von einem Schwall von Lustgefühlen überwältigt, so daß sie sich aufstöhnend an Brunos Leib preßte. Seine Hand blieb beunruhigend zwischen ihren Beinen liegen.

Minuten später schob er sich behutsam über sie, ihre Haut mit Küssen bedeckend, ihre Schenkel weit öffnend, und der Schmerz, den er ihr bereitete, als er in sie eindrang, wurde überflutet, weggespült von Empfindungen, die aus allen Adern ihres Körpers zu kommen schienen mit dem einen und einzigen Ziel im Mittelpunkt ihre Leibes, der ihr in diesem Augenblick nicht mehr allein gehörte. Babsie stöhnte und jubelte zugleich, sie drückte Bruno an sich, stammelte »ich liebe dich, ich liebe dich«, er blieb geduldig auf ihr liegen, seinen Unterleib langsam hin und her bewegend, bis eine neue Welle der Gefühle sie durchfegte und sie unfähig machte, zu flüstern oder zu sprechen. Ihr Herz klopfte heftig, sie atmete schnell und tief. Nach einigen Minuten löste Bruno sich von ihr und glitt an ihre Seite. Stumm blickte Babsie ihn an, fast überirdischer Glanz lag in ihren Augen, sie lächelte schwach und fuhr mit der Zunge über ihre ausgetrockneten Lippen.

So lagen sie schweigend eine Weile nebeneinander.

»War es für dich – auch so schön?« flüsterte sie.

»Ich habe Zeit. Es ist dein Abend.«

»Habe ich etwas falsch gemacht?«

»Ich muß dir etwas sagen, Babsie. Es gibt nichts Schlimmeres in der Liebe als egoistische Männer.

Mit mir hast du Glück. Für mich war immer das Schönste, eine Frau in der Ekstase zu erleben.«
Sie lachte. Dann schien sie nachzudenken. »Sag mal – nennt man so was nicht – einen Voyeur?«
»Vielleicht. Aber es ist mir wichtiger als die eigene Befriedigung. Egoismus im Bett zerstört alles. Manche Männer wissen gar nicht, was ihnen entgeht, wenn sie auf ihre Partnerin keine Rücksicht nehmen.«
Er erwachte, Stunden später, mit dem Gefühl, beobachtet zu werden. Er drehte den Kopf zur Seite. Da lag Babsie und lachte ihn an.
»Guten Morgen!« sagte sie. Die Sonne war bereits aufgegangen.
»Hast du nicht geschlafen?«
»Doch, sehr gut. Aber – ich habe Sehnsucht...«
Er richtete sich auf. »Wie gut, mein Liebling, daß du mich als Lehrer erwischt hast! Merke also zweitens: Wenn du dich nach Liebe sehnst, dann warte nicht, bis dein Partner das zu bemerken geruht, sondern gib Laut! Viele Frauen glauben, es schicke sich nicht, mit der Tür ins Haus zu fallen. Irrtum! Die Frauen sind gleichberechtigt! Auch ein Mann hat es gern, verführt zu werden. Er will nicht immer der Aktive sein müssen. Also, bitte! Wenn du Sehnsucht hast – in diesem Haus herrscht Selbstbedienung!«
Das ließ Babsie sich nicht zweimal sagen. Fröhlich warf sie die Bettdecke beiseite. Noch etwas ungeschickt, aber ungehemmt beschäftigte sie sich mit

Brunos Körper, bis er sie zärtlich an sich zog und über sich schob. Als er in sie eindrang, reagierte sie mit einem leidenschaftlichen Zusammenzucken, richtete jäh ihren Oberkörper auf, stütze sich mit beiden Armen auf seine Schultern und ließ im Rhythmus der Bewegung ihre prachtvollen Brüste über ihm schaukeln, was nun auch ihn in eine Erregung versetzte, aus der es kein Entrinnen mehr gab bis zum beiderseitigen gleichzeitigen schmerzhaftschönen Augenblick. Einen Moment noch blieb Babsie mit geschlossenen Augen und keuchend von ihm abgestützt, dann ließen ihre Arme nach, und schwer fiel sie auf seine Brust.
Den Tag verbrachten sie tändelnd, trödelnd, im Swimmingpool badend, spazierengehend, plaudernd, einen schwerelosen Tag ohne Probleme und Konflikte.
Am Abend glaubte Bruno, seiner bezaubernden Schülerin eine Pause vorschlagen zu müssen. Gehorsam nickte sie. Doch kaum lagen sie im Bett, da hatte Babsie wieder das hungrige Glitzern im Blick, schossen ihr Emanzipationsgedanken durch den Kopf. Sie schmiegte sich an ihn, schob ohne Scheu ihre Hand in seine Pyjamahose und brauchte nicht lange, um auch ihn zu erregen. Belustigt und freudig überließ Bruno ihr die Initiative. Und als sie sehr phantasievoll, fast bis zur Erschöpfung, mit Händen, Lippen und allen Sinnen sich seines Körpers bemächtigt hatte, konnte er ihr nur noch ins

Ohr flüstern, daß er sie für ein Naturtalent halte, dem eine große Karriere bevorstehe.
Am dritten Abend gegen Mitternacht, bevor sie einschliefen – er hatte sie eine Stellung gelehrt, in der kein Wort gesprochen wurde, obgleich ihre Zungen fast pausenlos in Bewegung waren – sagte Bruno: »Ich habe noch ein Abschiedsgeschenk für dich, aber ich bin nicht sicher, ob es dir gefällt.«
»Es gefällt mir«, sagte Babsie.
»Ich glaube nicht. Denn wir sagen uns jetzt adieu. Wenn wir uns morgen verabschieden, werden wir uns nie wiedersehen.«
»Nein!« rief Babsie entsetzt.
»Höre, mein Liebling. Ich mag dich sehr, sehr gern, aber ich will mich nicht in dich verlieben. Und du magst mich sehr gern, weil ich der erste Mann in deinem Leben bin. Wir könnten das eine ganze Weile fortsetzen. Du würdest meine Geliebte sein. Wie lange? Wann würde unser Altersunterschied anfangen, dich nervös zu machen? Und auch mich?«
»Bitte, Bruno –« rief Babsie.
»Unterbrich mich nicht. Was gäbe ich darum, mich mit einer so jungen, hübschen Freundin zu schmükken! Ich wäre ein weit und breit beneideter Mann! Aber dafür bist du mir zu schade, mein Kleines. Wir werden diesen unnatürlichen Zustand morgen beenden, auch wenn es uns beiden schwerfällt. Besser so – als zu spät mit einer qualvolle Trennung, die in Peinlichkeit ausartet. Laß diese drei Tage und

Nächte ein abgerundetes, harmonisches Erlebnis bleiben, an das wir beide immer gern zurückdenken werden.«
Babsie blickte verstört. »Wie soll ich denn ohne dich–?«
»Du wirst es schaffen, Babsielein. Und eines Tages wirst du wissen, daß du von keinem Mann in deinem Leben ein größeres Geschenk erhalten hast als heute von mir!«

In der Kleinstadt war es Babsie zu eng geworden. Als sich ihr in Düsseldorf eine gute Stellung in einer großen Parfümerie bot, siedelte sie kurzerhand in die Landeshauptstadt über.
An Bruno dachte sie in tiefer Dankbarkeit zurück. Was für ein kluger, erfahrener Mann! Er hatte sie auf wunderbare Weise in die Liebe eingeführt und in die Lage versetzt, einen hohen Maßstab an ihre Partner zu legen. Zugleich hatte er sie davor bewahrt, sich sexuell »unter Niveau« zu vergeuden.
Ein einziges Mal war sie der Überredungskunst eines Zwanzigjährigen auf den Leim gegangen. In dessen Studentenbude war es zu einem enttäuschenden Zusammensein gekommen.
Nach dieser trüben Erfahrung schwor sich Babsie, sich nur noch älteren Liebhabern zu widmen, und da sie mit ihrem Auswahlprinzip Erfolg hatte, erfreute sie sich bald eines fröhlichen, unbeschwerten und

einträglichen Liebeslebens. Sie hatte keine Skrupel, sich kleinere oder noch besser, größere Geschenke machen zu lassen. Auch dies, stellte sie fest, unterschied die älteren Herren vorteilhaft von den jüngeren: Sie hatten mehr Geld und gaben es aus, wenn's darum ging, mit Babsie einen schönen Abend zu verbringen.

In der besseren Gesellschaft von Düsseldorf sprach sich herum, was für eine charmante, anregende, aber auch anspruchsvolle Person diese hübsche Parfümerieverkäufern war und welcher bestrickenden Künste fähig. Zugleich flüsterten die Herren hinter vorgehaltener Hand, beeindruckt nickend, daß seriöses Auftreten, taktvolles Benehmen und gediegenes Plaudern als unabdingbare Voraussetzungen galten, um von dieser bezaubernden Frau anerkannt zu werden. Das imponierte ihnen ungemein. Mit billigem Draufgängertum oder eitler Prahlerei hatte noch kein Mann Babsie erobern können, ganz abgesehen davon, daß ein weißhaariger Herr »in den besten Jahren« (wann fangen diese an, wo hören sie auf?) bei ihr die größten Chancen hatte. So mancher pensionierte Playboy in Düsseldorf trug sich seitdem mit dem Gedanken, seine Reaktivierung als Mann in die Wege zu leiten. Doch sofern er nicht alle von Babsie geschätzten Vorzüge mitbrachte – Charme, Humor, Ehrlichkeit und Herzlichkeit gehörten unbedingt dazu –, hatte er keine Chance, in die engere Wahl zu kommen.

Eines Tages lernte sie einen Erfinder kennen. Der war nicht etwa einer, der eine einzige umwälzende Erfindung gemacht zu haben glaubte und nun sein Leben damit verbrachte, die Erfindung zu Geld zu machen, um endlich ein besseres Leben führen zu können, nein – dieser Erfinder erfand professionell. Das heißt, er erfand alles, was noch nicht erfunden worden war. Zum Beispiel den Skilift mit Toilette (für den Fall einer Betriebsstörung). Oder den Panzerschrank ohne Schrank (um Tresorknackern das Tresorknacken abzugewöhnen). Dieser Mann wußte genau, was der Menschheit fehlte, und er war bereit, es ihr wenn nicht zu schenken, so doch wenigsten zu verkaufen. Er hieß Albert Möllemann.
Babsie fand ihn zunächst faszinierend. Es störte sie nur, daß er sie während ihres ersten intimen Beisammenseins beiläufig fragte, ob sie wüßte, welche Läuse für die Herstellung von Lippenstiften verwendet würden, männliche oder weibliche. Ernüchterung war die Folge. Beim zweitenmal – Babsie spürte endlich, daß sie in verheißungsvolle Erregung geriet – erzählte Albert plötzlich von einer Frau, die im Liebesakt unbedingt Gitarre spielen wollte, was technisch schlechterdings unmöglich war, worauf er ein gitarrenähnliches Instrument für sie konstruiert habe, das sich mit den Fingern einer einzigen vom Bettrand herabhängenden Hand bedienen ließ, so daß diese Dame endlich zur vollen Befriedigung auch ihrer künstlerischen Bedürfnisse zu gelangen

vermochte – im Gegensatz zu Babsie, der an diesem Abend weder dieses und schon gar nicht jenes möglich war.
Als Albert Möllemann bei seinem dritten Besuch eine frisch erfundene aufblasbare Gummipuppe mit besonders langen Armen mitbrachte, die – und das wollte er mit Babsie ausprobieren – ein Liebespaar umschlingen und innig zusammendrücken konnten, während gleichzeitig aus dem Mund der Puppe das beliebte Lied »Ein Tag, so wunderschön wie heute« zu vernehmen war, als er dies seiner Gastgeberin zumutete, warf sie ihn kurzerhand hinaus.
Abgesehen von derartigen kleinen Zwischenfällen, die ihre gute Stimmung aber nicht zu stören vermochten, genoß Babsie ihr Leben und ihre Liebhaber in vollen Zügen und hatte inzwischen das gesegnete Alter von 24 Jahren erreicht.
Eines Tages klingelte es an der Tür ihrer bescheidenen Eigentumswohnung. Sie öffnete. Albert Möllemann stand vor ihr.
»O nein!« rief sie ungehalten.
»Bitte, nur ganz kurz!« sagte er.
»Ich kenne deine Kürze, Albert. Außerdem bist du nicht angemeldet.« Sie wollte ihm die Tür vor der Nase wieder schließen.
»Babsie, ein tolles Angebot!« sagte er beschwörend.«
»Keine neue Erfindung?«
»Ausnahmsweise nein!«
»Ehrenwort?«

»Ehrenwort!«
Sie ließ ihn eintreten, ohne ihn aufzufordern, sich zu setzen. Aber so viel Zeit nahm er sich auch gar nicht. Noch auf der Türschwelle packte er aus.
»Babsie, ich möchte dich meinem Onkel vorstellen. Bankdirektor a. D. Aber was heißt Direktor? Ihm gehört der ganze Laden!«
»Aber wann?« fragte Babsie, nun doch interessiert. »Du weißt, ich habe langfristige Verpflichtungen und Vorbestellungen!«
»Sobald du kannst!«
»Wie alt ist er?«
Albert atmete einmal kräftig durch. Er lehnte sich an die Wand und blickte Babsie unsicher an. Dann flüsterte er, als schäme er sich ein wenig: »Vierundachtzig . . .«
Überrascht drehte sie sich zu ihm um. »Ist das wahr?«
Er nickte.
»O Albert! Wann können wir fahren?«

Wie verführt man einen Erbonkel?

Babsie sah auf die Uhr. Eine Minute vor halb zehn. Gleich mußte er kommen.
Onkel Gustav sei auf die Minute pünktlich, hatte Albert versichert. Ein Pedant auch im hohen Alter noch. Wehe, wenn der Diener ihn zu spät weckte. Wehe, wenn das Essen auch nur Sekunden auf sich warten ließ. Und den morgendlichen Spaziergang durch seinen Park – das hatte Albert ausgekundschaftet – pflegte der Alte nach einem minuziösen Plan zu unternehmen, der ihn punkt halb zehn an der kleinen Wiese vorbeiführte, wo Babsie jetzt, hinter einem Busch versteckt, auf ihn wartete.
Da kam er schon. Ein großer, noch immer stattlicher, weißhaariger Herr, barhäuptig, seinen Spazierstock weniger als Stütze, denn als männliches Schmuckstück alten Stils präsentierend. Babsie huschte unauffällig zum Weg und wanderte ihm unbefangen entgegen. Sie trug ein sommerliches, sehr kurzes Kleidchen, schlenkerte mit ihrem Täschchen, strahlte die liebe Sonne an, summte ein Liedchen. Sie sah entzückend aus und schien den erstaunt auf

sie zukommenden Spaziergänger noch gar nicht bemerkt zu haben.
Plötzlich, sie spielte gerade Babsguckindieluft, stolperte sie, rutschte aus und fiel direkt auf ihren Allerwertesten, just an der Stelle, wo der Parkweg vom letzten Regen noch aufgeweicht war. Erschrocken blickte sie auf.
Der alte Mann trat näher, blieb stehen, schüttelte den Kopf.
»Sind Sie gefallen?«
Babsie sah ihn verwundert an. »Es sieht fast so aus . . .«
»Haben Sie sich weh getan?«
»Ich glaube ja – mein Bein, au!« Sie verzog ihr Gesicht und rieb sich das Knie.
»Das vergeht. Sie sind ja noch jung.« Und er ging weiter, seinen Spazierstock wirbelnd, ohne sich noch einmal umzudrehen.
Fassungslos schaute Babsie ihm nach. Da saß sie nun, in der genau einstudierten Pose, das Kleidchen bis fast an die Hüften hinaufgeschoben, von den in durchbrochenen Sandalen eingefaßten Zehen bis an die obersten Oberschenkelwinkel zwei Beine offenbarend, von denen die Düsseldorfer Männerwelt träumte. Und dieser vitale alte Herr, der angeblich sein Leben lang mit Frauen zu tun hatte, ging an ihr vorbei, als sei sie kein menschliches Wesen, sondern irgendein Eichhörnchen am Wege, dem man ein paar kindische Worte zukommen läßt.

Wütend stand sie auf. Slip und Kleid beschmutzt – wie kam sie jetzt ins Hotel, ohne aufzufallen? Das war wirklich nicht einkalkuliert! Albert hatte geschworen, Onkel Gustav werde ihr ritterlich auf die Beine helfen, sie in sein Haus geleiten, damit sie sich säubern und frischmachen könne, ein Wort werde dann das andere, das freundlichere geben – und schon würde der Kontakt hergestellt sein!
Pustekuchen! Wütend donnerte sie an Alberts Zimmertür im Hotel und feuerte eine Schimpfkanonade gegen den Herrn Erfinder ab, die ihn kleinlaut auf die brennende Frage verzichten ließ, wie die Sache denn nun gelaufen sei. Sie war gar nicht gelaufen, wie man sehen konnte.
»Du hast gesagt«, schimpfte Babsie, »du wolltest mich deinem Onkel vorstellen! Warum tust du es nicht? Warum soll ich mich ihm quasi vor die Füße werfen?«
Albert wand sich. »Ich habe dir doch zu erklären versucht, daß er im Augenblick nicht gut auf mich zu sprechen ist . . .«
»Du meinst mit anderen Worten, es sei für mich keine Empfehlung, in deiner Begleitung gesehen zu werden?«
»Nicht gerade das, aber –«
»– aber sinngemäß ja, wie? Warum hast du mir das nicht gleich gesagt? Wir hätten uns die ganze Reise sparen können!«
Albert nahm seine nicht geringe Überredungskunst

zusammen, um Babsie zu besänftigen. Da sie sich aber eingestehen mußte, daß ihr der alte Gustav Möllemann trotz der Kürze ihrer Begegnung und der Schroffheit seines Benehmens gefallen, wenn nicht gar imponiert hatte, und da es sie selbstverständlich reizte, für die erste Abfuhr, die ihr in ihrem Leben zuteil geworden war, Revanche zu verlangen, willigte sie schließlich ein, am nächsten Tag einen neuen Versuch zu unternehmen und dabei andere, schärfere Mittel weiblicher List einzusetzen. Allerdings kostete es Albert ein aufwendiges Abendessen im besten Restaurant der Stadt.

Diese Stadt, mehr noch ein Städtchen unweit von Stuttgart, wo die Möllemann-Bank ihren lukrativen Sitz hatte, zeichnete sich durch ihre Naturnähe aus. Onkel Gustavs Villa, fast ein Schlößchen, lag auf einer kleinen Anhöhe im schönsten Privatpark weit und breit. Uralte Bäume, gepflegte Rasenflächen mit bunten Staudenblumenbeeten, ein idyllischer kleiner See, der leider vergeblich zum Baden einlud, weil es niemanden gab, der hier hätte baden können, es sei denn, er wäre über den Zaun gestiegen, der das riesige Gelände einschloß. Babsie hatte ihn mit Alberts Hilfe überstiegen, um so mehr wunderte es sie, daß der Alte sie nicht gefragt hatte, wie sie in den Park gelangt sei.

Als am nächsten Morgen Gustav Möllemann seinen präzis ausgearbeiteten und Tag für Tag peinlich genau eingehaltenen Spaziergang unternahm und

sich dem See näherte, geschah es, daß eine bildhübsche junge Frau splitternackt dem Wasser entstieg, sich wohlig in der Sonne reckte und deren Strahlen statt eines Handtuchs benutzte, um sich abzutrocknen. Es war ein Anblick, den die meisten Männer atemberaubend genannt hätten.
Gustav Möllemann schien es den Atem nicht zu berauben. Zwar trat er näher, zwar blieb er stehen, worauf Babsie pflichtschuldigst heftiges Erschrekken markierte und mit einem winzigen Blüschen einige besonders bemerkenswerte Stellen ihres aufregenden Körpers weniger verdeckte als hervorhob, aber leider weiteten sich dem alten Herrn nicht die Augen, und wenn ihm die Kniee zu zittern begonnen hätten, dann vielleicht seines Alters wegen, nicht aber wegen des Anblicks der nackten Schönen.
Er schüttelte den Kopf. »Haben Sie gebadet?«
Babsie lächelte verlegen. »Es sieht fast so aus . . .«
»Und kein Handtuch?«
»Ich hatte eigentlich nicht vor zu baden. Aber dann kam ich hier vorbei, entdeckte den See –«
»Soso«, sagte der Alte.
»Und da konnte ich einfach nicht widerstehen.« Babsie lachte ihn an, entwaffnend, wie sie meinte.
»Dann passen Sie auf, daß Sie nicht gesehen werden!«
»Von wem?«
»Vom Besitzer!«

Babsie verschlug es fast die Sprache. »Wer – wer ist das denn?«
»Bankier Möllemann.«
»Nie gehört«, sagte sie harmlos. »Hat er was gegen eine Frau, die badet?«
»Es kommt darauf an, wann, wo und wie.«
»Also nicht jetzt? Nicht hier? Nicht nackt?«
»Das müssen Sie ihn selbst fragen.«
Babsie warf ihm einen lauernden Blick zu. »Und Sie – Sie können mir darauf nicht antworten?«
»Ich bin nur der Gärtner.« Und er ging weiter, seinen Spazierstock wirbelnd, ohne sich noch einmal umzudrehen.
Fassungslos schaute sie ihm nach. Da stand sie nun, in der Pose Nr. 2, fröstelnd, weil ein kühler Wind vom Wasser her wehte, mit schmerzenden Fußsohlen, weil der See keinen bequemen Badestrand hatte, sondern nur ein überaus unzugängliches Ufer mit spitzen Steinen und abgebrochenen Schilfstoppeln. Und der Herr Bankier, dieser Hallodri, hatte sie zwar angegafft, ihr dann aber einreden wollen, er sei nicht der Möllemann, sondern nur sein Gärtner.
Diesmal brauchte Albert seine Überredungskunst nicht zu strapazieren. Babsie bebte geradezu vor Wut über die mißlungene Attacke. Sie fühlte sich ungeheuer herausgefordert. Zwei Körbe von einem einzigen Mann! Wollte sie den Nimbus der Unwiderstehlichkeit, der sie umgab, nicht nur auf Düs-

seldorf begrenzt sehen, dann mußte etwas geschehen, jetzt, sofort.
Und Babsie beschloß, sich am nächsten Tag direkt in die Höhle des Löwen zu begeben.

Es war wirklich ein kleines Schloß, das Heim des Bankbesitzers Gustav Möllemann. Im Jugendstil errichtet, krönte es schneeweiß einen lieblich bewaldeten Hügel; eine Kastanienallee führte in weitem Bogen darauf zu, an deren Ende ein hohes Gitter die Außenwelt daran hinderte, den kostbaren Boden dieses irdischen Paradieses zu betreten.
Als Babsie sich der Villa näherte, sah sie, daß das große Gittertor geöffnet war. Sie zögerte. Sollte sie sich schnurstracks ins Haus begeben und Möllemann einfach überrumpeln? Oder sich bei einem Diener anmelden, der sich vielleicht als Haushofmeister gebärden und höchnäsig behaupten würde, der gnädige Herr sei momentan nicht zu sprechen?
Während sie noch überlegte, hörte sie Pferdegetrappel. Gleich darauf galoppierten zwei Reiter, plötzlich hinter der hohen Hecke hervorpreschend, direkt auf sie zu. Erschrocken sprang sie beiseite, ohne verhindern zu können, daß sie vom Steigbügel des ersten Reiters – war es nicht der alte Möllemann? – an der Schulter getroffen, herumgewirbelt und zu Fall gebracht wurde. Dann verlor sie das Bewußtsein.
Als sie wieder zu sich kam, sah sie zwei Gesichter,

das eines älteren und das eines jüngeren Mannes, über sich gebeugt. Sie lag auf einer – einer, wie nannte man doch diese altmodischen Plüsch-Liegen – ja, auf einer Ottomane in einem großen, orientalisch anmutenden Zimmer, vor dessen hohen Fenstern schwere, dunkle Portieren hingen.

»Wo bin ich –?« flüsterte sie.

»Bei mir«, sagte der alte Mann. Ja, es war Möllemann.

Obgleich Babsie noch sehr benommen war, erinnerte sie sich ihres Vorhabens, und sofort begriff sie, daß sie sich, wie geplant, in der Höhle des Löwen befand. Dennoch heuchelte sie Verwirrung und Unwissenheit.

»Bei Ihnen? – In der Gärtnerei?«

Der Alte schüttelte belustigt den Kopf. »In der Villa Gustav Möllemann.«

Sie blickte erstaunt auf. »Ja, sind Sie denn nicht der Gärtner?«

»Der Gärtner bin ich«, sagte der jüngere Mann, ehe der alte den Mund öffnen konnte.

Mit vorzüglich gespielter Entrüstung sah Babsie von einem zum andern. »Sie? Und wer sind dann Sie?«

»Ich bin –«, begann Möllemann, doch Babsie ließ ihn nicht ausreden.

Wundervoll gelang ihr die Darstellung einer Erregung, mit der sie eine ganze Suada der Empörung aus sich heraussprudelte.

»Warum belügen Sie mich? Was wird hier gespielt?

Wer sind Sie? Wohin haben Sie mich verschleppt? Was haben Sie mit mir vor? Ich protestiere entschieden gegen diese Freiheitsberaubung, das wird Sie teuer zu stehen kommen! Ooh –«

Plötzlich sank sie mit schmerzverzerrtem Gesicht auf die Ottomane zurück und umfaßte ihren Kopf, als drohe ihr dieser in Stücke zu springen.

Erschrocken griff der Alte nach ihren Händen. »Ich bitte Sie –«

»Lassen Sie mich los!« rief sie. »Jetzt weiß ich es wieder, Sie haben mich überfallen, niedergeschlagen, in dieses Haus geschleppt – Hilfe!«

»Aber, ich bitte Sie, was erzählen Sie da! Es war mein Pferd, Sie sind plötzlich vor uns aufgetaucht, mitten auf dem Weg, es war ein Unfall, mein Fräulein!«

»Nein, nein!« rief sie und warf sich schluchzend herum, wobei ihr zarter Körper zuckte.

»Soll ich einen Arzt holen, Herr Möllemann?« hörte sie den Gärtner leise fragen.

»Nein, nein, nicht nötig. Ich mache das schon. Gießen Sie mal einen Schnaps ein. Vom allerbesten!«

Dann drehte der Alte Babsie behutsam um, stützte ihr den Kopf und führte ein Glas an ihre Lippen. »Trinken Sie. Das wird Ihnen gut tun.«

Ja, es tat gut. Alter französischer Cognac aus allerbestem Hause. Den gab es in Düsseldorf nicht alle Tage. Babsie beschloß, es sich besser gehen zu lassen. »Danke«, flüsterte sie, »ja, das tut gut, bitte, noch einen.«

Der Gärtner goß nach. Möllemann wiederholte die Zeremonie. Babsie schluckte und fühlte sich, das mußte sie zugeben, auch in Wirklichkeit ausgezeichnet. Das war ja überraschend gut gelaufen, viel besser, als sie gehofft, viel unkomplizierter, als sie befürchtet hatte.
»Sie können gehen, Baritzki.«
»Jawohl, Herr Möllemann. Wenn Sie mich brauchen...«
»Schon gut, danke.«
Der Gärtner verschwand. Der Alte zog sich einen Stuhl an die Ottomane, setzte sich umständlich, schlug ein Bein über das andere und wippte nervös mit dem Fuß. »Geht's besser?«
Babsie nickte erschöpft.
»Gut. Dann mal zur Sache, mein Fräulein. Wer sind Sie, und was machen Sie hier? Was suchen Sie auf meinem Grund und Boden?«
Babsie entschloß sich zu einem »Geständnis« gemäßigter Art. »Ich mache hier Urlaub. Ich komme aus der Großstadt. Ich brauche gute Luft, Landschaft, Wald, Wiesen, Ruhe, Entspannung – sagt der Arzt.«
»Soso. Und auf der Suche nach Wald und Wiesen hat Sie keine Mauer, kein Zaun aufgehalten?«
»Ich nahm's nicht so genau. Hindernisse haben mich noch nie gestört. Ich muß mich erholen – sagt der Arzt. Daß mir *das* allerdings passieren mußte...«
»Sie sind direkt in mein Pferd gelaufen!«
»Das ist nicht wahr!« Babsie hielt es für richtig, sich

zu heftigem Aufbegehren zu zwingen, es mußte wieder Dramatik in die Szene kommen. »Sie haben mich absichtlich aufs Korn genommen! Ich habe das gleich gemerkt! Rufen Sie sofort einen Arzt! Ich glaube, es ist eine Gehirnerschütterung! O, mein Kopf, mein Kopf!« Sie preßte ein Kissen auf ihre Stirn.

»Hören Sie mal –«

»Und einen Anwalt! Meinen Anwalt will ich – sofort!« Sie richtete sich auf und blickte ängstlich um sich. »Wo ist der andere? Sie haben ihn weggeschickt – den Zeugen! Sie wollen keinen Zeugen haben. Sie denken schon an den Prozeß!«

Möllemann drückte sie auf die Liege zurück und füllte das Glas von neuem mit Cognac. Nachdem sie es geleert hatte, atmete sie kräftig durch und hörte auf zu zittern. Das Flimmern in ihren Augen hatte nachgelassen. Sie schwieg.

»Hören Sie«, begann der Alte aufs neue. »Wir werden das ohne Arzt und Anwalt regeln. Mag sein, daß Sie ein wenig durcheinander sind. Aber an meinen Worten brauchen Sie nicht zu zweifeln. Ich versichere Ihnen, daß ich der Bankier Gustav Möllemann bin, und auch wenn Sie diesen Namen nie gehört haben sollten, müßte ein prüfender Blick auf mich Sie davon überzeugen, daß ich nicht gerade der Typ eines Verbrechers, geschweige denn der eines Menschenräubers oder Geiselnehmers bin – oder?«

Babsies Gesicht drückte Skepsis aus. »Bekanntlich schützt Alter nicht vor Torheiten ...»
»Meine Dame!« rief Gustav und richtete sich auf. »Nehmen Sie bitte zur Kenntnis, daß ich vierundachtzig bin!«
»Nein!« Babsie schlug ihre Hände zusammen. »Nein«, wiederholte sie, »ich hätte Sie – für zweiundsechzig gehalten – höchstens!«
Geschmeichelt lächelnd setzte er sich.
»Und was für ein toller Reiter Sie sind! Nein, ehrlich, Herr Möllemann, wie haben Sie dieses Wunder fertiggebracht?«
»Indem ich ganz einfach nie aufgehört habe zu leben.«
Babsie himmelte ihn hemmungslos an. »Das ist aber ein schöner Satz! Den muß ich mir merken!«
»Zurück zu uns, meine Dame. Sie fragten, wohin ich Sie ›verschleppt‹ hätte. Nun denn, in mein Haus. In das Möllemannsche Haus, vor dem Sie standen, als dieser dumme Unfall passierte.«
»In das wunderschöne weiße Haus auf dem kleinen Hügel? O, ich liebe stilvolle weiße Häuser auf grünen Hügeln! Darf ich noch um ein Schlückchen bitten? Es bekommt mir so gut!«
Babsie bekam ihr Schlückchen, erhob sich auf etwas weichen Beinen und reckte sich.
»So, ich habe Sie allzu lange aufgehalten, Herr Möllemann –«
Er sprang auf. »Sie wollen doch nicht schon –?«

»Ich muß zum Arzt. Besser ist besser.«
»Tut Ihnen noch etwas weh?«
»Ein bißchen hier und da. Der Kopf. Und das Knie. Ach ja, auch die Schulter. Aber das vergeht, ich bin ja noch jung . . .«
»Nein, bitte, das wäre zu gefährlich! Es könnte ja auch was Inneres sein. Sie sollten sich noch ausruhen.«
»Das werde ich im Hotel tun.«
Möllemann stutzte. »Werden Sie erwartet? Sind Sie in Begleitung? Ihr Mann – oder Ihr, Ihr –?«
»Nein, nein, ich bin ganz allein. Niemand wartet auf mich. Aber ich habe Sie schon allzu lange –«
»Kommt nicht in Frage!« Energisch komplimentierte er Babsie auf die Ottomane zurück. »Solange Sie noch nicht wiederhergestellt sind, fühle ich mich für Sie verantwortlich.«
Nachdenklich ging er ein paar Schritte, blieb dann entschlossen stehen, hob wie belehrend den Zeigefinger seiner rechten Hand und sagte: »Ich möchte Ihnen einen Vorschlag machen. Den Rest Ihres Urlaubs – wie lange wäre das noch –?«
Überrumpelt stotterte Babsie: »Ooch, so etwa zwei bis drei Wochen, ich bin relativ unabhängig –«
»Gut. Den Rest Ihres Urlaubs werden Sie als mein Gast in diesem Haus verbringen –«
Babsie fuhr hoch. »Nein!«
»Keine Widerrede. Mein Haus hat viele leere Zimmer. Sie können sich das schönste aussuchen.«

»Aber das geht doch nicht...« Babsie zierte sich recht glaubwürdig noch ein Weilchen, innerlich bereits triumphierend.
»Sie können tun und lassen, was Sie wollen. Sogar baden – ich meine, in dem kleinen See, und der Besitzer wird nichts dagegen haben...«
»Das kann ich wirklich nicht annehmen, Herr Möllemann...«
»Sie können, und damit basta!«

Als Babsie auch am Nachmittag noch nicht zurück war, begann Albert Gutes zu ahnen.
Nervös unternahm er einen Spaziergang durch die Stadt, sogar bis in die Nähe des Möllemannschen Besitzes, immer darauf bedacht, nicht etwa jemandem vom Personal zu begegnen, der ihn vielleicht kannte.
Er beobachtete das schöne Haus auf dem Hügel. Da aber kein Rauch aus dem Schornstein stieg, weder schwarzer noch weißer, der ihm wie bei der Papstwahl eine Botschaft hätte übermitteln können, blieb er auf seine Wünsche und Hoffnungen angewiesen.
Im Hotel rief ihm der Portier schon von weitem entgegen: »Die Dame, auf die Sie warten, ist ausgezogen!«
»Was, ausgezogen?«
»Ja, vor einer halben Stunde wurde ihr Gepäck

abgeholt. Sie wohne jetzt privat, wurde mir ausgerichtet.«
Sie hat es geschafft, jubelte es in Albert Möllemann. Sie hat es geschafft!
»Darf ich Ihnen die Rechnung der Dame überreichen?«
»Aber gern!«
Komischer Vogel, dachte der Portier. Erst wartet er stundenlang auf diese tolle Biene, die an jedem Finger zehn haben könnte, dann zieht sie aus, worüber er sich noch freut, und ihre Rechnung bezahlt er obendrein.
Wie weit so ein Weib uns Männer doch bringen kann . . .
Albert aber freute sich nicht nur unbändig, sondern bewilligte sich noch einen genußreichen Abend im besten Restaurant der Stadt, ehe er am nächsten Morgen zufrieden mit sich und der Welt nach Düsseldorf zurückkehrte.

Wo Reichtum herrscht, kapituliert der Verstand

Der schwarze Mercedes verließ mit einer Geschwindigkeit, die gewiß sehr viel höher gewesen wäre, hätte nicht gerade der Rush-hour-Betrieb eingesetzt, das Zentrum von Stuttgart und nahm Kurs auf die Autobahn. Mühsam schob er sich von Lücke zu Lücke vorwärts, ohne Rücksicht auf die anderen Verkehrsteilnehmer, die dem rabiaten Mann am Steuer hitzig den Vogel zeigten: beliebtester deutscher Autofahrergruß am Freitag nachmittag, wenn die Blechlawinen zum Stehen kommen.

Idioten! Seht ihr nicht den Äskulapstab an meinem Fenster? Das Sinnbild der Heilkunst als Zeichen meiner Eile? Schließlich sitzt kein Rowdy am Steuer, sondern ein berühmter Arzt, der Internist Professor Dr. Hieronymus Sanft, Helfer der besseren Gesellschaft zwischen Neckar und Rhein.

Als sein Wagen wieder einmal zum Stehen kam, griff er zum Autotelefon und wählte eine Nummer.

»Schwester Eva? – Wie ist der Blutdruck? – Hm, hm – Puls? – Oje, oje – Geben Sie ihm das Herzmittel – Was? Hat er schon? – Hm, hm – Ich bin seit einer

Stunde unterwegs, sitze natürlich fest – Ja, sagen Sie ihm, ich bin gleich da!«

Professor Dr. Sanft, Leibarzt vieler prominenter und reicher Schwaben, hatte vor seinem Patienten Gustav Möllemann unheimlichen Respekt. Beides war ihm von seinem Vater, Sanitätsrat Dr. Ferdinand Sanft, vererbt worden, der Respekt und der Patient. Wenn der Sanitätsrat bei Möllemann aufgetaucht war, nie von ihm selbst gerufen, sondern immer nur von einer Sekretärin oder der Haushälterin, schimpfte der Bankier über die sinnlose Zeitverschwendung, sich untersuchen zu lassen. »Sanft ist mein Tod!« hatte er geflucht und dieses Bonmot nach der Pensionierung des Sanitätsrats auf dessen Sohn Hieronymus übertragen. Der wußte genau, wie er nachher in Möllemanns Villa empfangen werden würde, falls der Alte bis dahin noch lebte: Na, Sie Pillendreher? Ihrem Vater ist es nicht gelungen, mich unter die Erde zu bringen, und Sie werden es ebensowenig schaffen. Will Ihr Sohn etwa auch Quacksalber werden?

Heute früh war der Professor aus der Villa angerufen worden. Es schien sehr schlecht um den Alten zu stehen. Professor Sanft hatte eine Schwester vorausgeschickt und war nun selbst auf dem Wege zu ihm. Noch einmal das Telefon.

»Hat er reagiert? – Hm, hm – Ja, dann die Spritze! – Hat er auch schon? – Schwester Eva, jetzt hilft nur noch beten – Fangen Sie an . . .«

Endlich Bewegung in den Kolonnen. Ende der Bauarbeiten. Verteilung der Verkehrsströme in verschiedene Richtungen. Die letzten zehn Kilometer auf der Landstraße legte der Mercedes in einem Tempo zurück, daß die Radfahrer bei seinem Anblick schon von weitem abstiegen und in die Büsche flüchteten.
Der Wagen fuhr vor, Gärtner Baritzki riß die Tür auf.
»Hatten Sie eine angenehme Fahrt, Herr Professor?«
Was für eine Frage! Sie klang nicht einmal ironisch.
Sanft riß seinen Arztkoffer aus dem Fond, sprang wortlos die Treppe hinauf und betrat das Krankenzimmer. Schwester Eva kam ihm auf Zehenspitzen entgegen.
»Und?« fragte er leise.
»Ich glaube, es geht zu Ende.«
»Reaktionen?«
»Seit einer Stunde kein Wort mehr.«
»Das ist in der Tat sehr ungewöhnlich.«
Plötzlich riß der vermeintliche Todkranke die Augen auf. »Ist jemand gekommen?«
Mit gezwungenem Optimismus trat der Arzt ans Bett. »Hallo, Herr Möllemann –«
»Was – was wollen Sie denn hier? Ist jemand krank?«
Der Professor fühlte nach dem Puls. »I wo. Ich wollte nur mal nach dem Rechten sehen.«
»Ausgerechnet Sie?« krähte der Alte. »Sie Quacksalber? Ihrem Vater ist es nicht gelungen, mich unter die Erde zu bringen, und Sie werden es –«
»Schön ruhig bleiben, Herr Möllemann!« zwit-

scherte Schwester Eva. »Wir wollen doch nicht unser Herz strapazieren –«
Der Alte haute ihr grob auf die Finger. »Mein Herz geht Sie gar nichts an, das gehört einer anderen . . .«
Auch im Bett sieht er noch toll aus, dachte Sanft. Dieser Kopf, das weiße Haar, die immer noch glatte Haut, die klare Sprache. Wenn er nur nicht so unbequem wäre. Will einfach nicht wahrhaben, daß ein Mann seines Alters auf jedes Warnsignal achtgeben muß, das der Körper ausstößt.
Aber von wegen – es geht zu Ende?
»Es ist phänomenal«, flüsterte Schwester Eva. »Er reagierte wie kurz vor dem Exitus, ich kenne mich doch aus! Und plötzlich schlägt der Puls wieder normal!«
»He, Babsie! Wo ist denn Babsie?« rief der Alte plötzlich.
»Verzeihung – wer ist Babsie?«
»Na, Babsie, meine Verlobte oder auch Sekretärin, wenn Ihnen das lieber ist!«
Da wurde auch schon die Tür aufgerissen und ein aufgeregtes junges Mädchen stürzte herein. »Wie geht es ihm? Sind Sie der Arzt?« Ohne eine Antwort abzuwarten, kniete sie sich ans Bett. »Gustav, wie fühlst du dich? Immer noch nicht besser?«
»Besser? Wieso?« fragte Möllemann. »Ach so, besser! Ja, nein – ich glaube, es geht zu Ende. Was, Doktor? Mit mir ist nicht mehr viel los, wie?«

»Aber, nein!« rief Babsie ängstlich. »Du übertreibst! Du hast mir doch versprochen, schnell wieder gesund zu werden.«
»Wird er auch«, sagte der Professor, »beruhigen Sie sich.«
»Wird er nicht!« rief der Alte zornig.
»Aber ja!« versicherte die Schwester.
»Aber nein!« rief er.
Dr. Sanft tippte Babsie auf die Schulter, machte ihr ein Zeichen, und als sie sich aufrichtete, flüsterte er: »Es wäre besser, ihn jetzt in Ruhe zu lassen. Vielleicht schläft er ein.«
»Für immer?« fragte sie angstvoll.
»Aber nein. Der Schlaf wird ihm guttun.«
Gustav hob matt die Hand. »Ja, Babsie, geh nach oben. Ist besser so. Ich komme dann nach, falls ich nicht tot bin. Geh, sei lieb.«
Gehorsam verschwand Babsie. Kopfschüttelnd staunte der Professor der aufregenden Erscheinung nach. Immer dasselbe, dachte er. Wo Reichtum herrscht, kapituliert der Verstand. Möllemann versuchte sich aufzurichten, es gelang ihm nicht. »Doktor«, flüsterte er, »sie muß nicht dabei sein, wenn ich abkratze. Frauen finden das unästhetisch.«
»Wer wird denn hier abkratzen?«
»Ich. Und zwar gleich. Machen Sie mir nichts vor. Sanft ist mein Tod.« Nach diesem Scherzversuch, schwieg er eine Weile. Die Schwester zog eine neue Spritze auf.

»Lassen Sie die Spritze weg, Schwester,« flüsterte Gustav. »Ich sterbe lieber aus eigener Kraft. Oder eigener Schwäche.«
Der Professor fühlte ihm wieder den Puls. Doch Möllemann entzog ihm die Hand.
»Sie kennen doch meinen Freund, den Notar Doktor Praetorius, unseren dritten Mann?«
»Natürlich.«
»Der wird alles regeln. Rufen Sie ihn dann gleich an. Er soll die Familie benachrichtigen ...«
»Hat alles noch Zeit, lieber Herr Möllemann!«
Gustav schüttelte matt den Kopf. Dann zeigte er nach oben. »Bringen Sie es ihr recht schonend bei. Sie hat es verdient ...«

Babsie saß in ihrem Zimmer. Sie hatte dieses Zimmer für sich ausgewählt obgleich es das kleinste war und nur ein Fenster hatte. Aber das Fenster gewährte einen einmalig schönen Blick auf den Park bis hin zu dem kleinen See, und wenn sie an die Wand zurücktrat, hatte sie das Gefühl, vor einem großen bunten Gemälde zu stehen, dessen Rahmen zugleich der Rahmen ihres Fenster war. Das Gemälde nannte sie im Stillen »Heile Welt«. Es beinhaltete ein Thema, das ihr bisher ungewohnt gewesen war; sie, die Großstadtpflanze, hatte noch kein Landschaftsbild so bewußt betrachten und in allen Details studieren können wie hier im Fensterrahmen des kleinen

Zimmers der weißen Villa auf dem grünen Hügel nahe der Stadt.
Die »heile Welt« – im Gegensatz zum Lärm und Gestank der Großstadt mit ihrer Hektik und falschen Pracht, mit der Tünche und Schminke im Parfümeriegeschäft, mit den Männern und der Liebe oder was dafür gehalten wurde.
Seltsam, seit Babsie im Hause des Bankiers Möllemann wohnte, nicht nur als aufmerksam bedienter und behutsam umworbener Gast, sondern irgendwie als Zubehör zum gut betuchten Ganzen, hatte sie kein Bedürfnis mehr nach jener Abwechslung empfunden, ohne die sie bisher nicht hatte leben können und wollen.
Sie fühlte sich hier ganz einfach wohl. Das war es.
In dem Augenblick, als sie ihre Koffer auspackte, die der Gärtner aus dem Hotel abgeholt hatte, spürte sie erstaunt, daß sie drauf und dran war, ein anderer Mensch zu werden. Was für ein Mensch? Sie wußte es nicht.
Sie wußte nur noch, daß sie auf einmal nicht mehr wußte, wie sie überhaupt hierher gelangt war. Sie mußte sich gewaltsam daran erinnern.
Albert Möllemann, der verrückte Erfinder, hatte ihr vorgeschlagen, sie seinem alten Onkel vorzustellen, und sie war darauf eingegangen. Jetzt überlegte sie stirnrunzelnd: Aus welchem Grunde hatte Albert ihr diesen Vorschlag gemacht? Was hatte er damit bezwecken wollen?

Klar, die Absicht war eindeutig. Sie sollte den alten Mann verführen. Ihn dazu bringen, sich in sie zu verlieben. Vielleicht sogar ihn sich hörig machen.
Hörig – was hieß hörig?
Einen Mann zu verführen – Kleinigkeit für Babsie und ein Spaß obendrein. Einen alten Mann zu verführen – doppeltes Vergnügen, weil alte Männer eine Art Dankbarkeit zu entwickeln vermögen, deren junge nicht fähig sind.
Natürlich steckte bei Möllemann mehr dahinter. Er war ein Erbonkel. Einen Erbonkel aber im Auftrag eines Erben zu verführen, setzte ein Um-die-Ecke-Denken voraus, dessen Logik Babsie nicht so schnell eingehen wollte. Sie warf sich jetzt vor, am Anfang der Aktion nicht genügend nachgedacht zu haben. Dieser wunderbare Gustav Möllemann war ihr einfach zu schade, um zum Opfer einer so undurchsichtigen und unanständigen Spekulation gemacht zu werden.
An ihrem ersten gemeinsamen Abend in der Villa hatte sich der alte Herr, der unzähligen Frauen das Herz gebrochen haben sollte, schüchtern wie ein Oberschüler verhalten. Und aufmerksam wie ein Detektiv.
»Mögen Sie Oxtail-Suppe? – Johann, zum Donnerwetter, zuviel Pfeffer, zu wenig Madeira! – Ich würde mich freuen, wenn Ihnen die Nierchen zusagten, Spezialrezept meines Hauses – Möchten Sie morgen lieber Fisch –?« Und so weiter.

Ihr schwirrte der Kopf. Sie tranken den Wein, den Babsie unter fünf verschiedenen Sorten hatte auswählen müssen (und er hatte ihren vorzüglichen Geschmack gelobt!), sie tranken Champagner; bald spürte sie aus seinen Worten, daß die langjährige Einsamkeit, in der er offensichtlich lebte, ihn nicht etwa zu einem geschwätzigen Sonderling gemacht hatte. Und dann, in dem Augenblick, als der alte Herr sich mit Handkuß und ohne eindeutige Blicke von ihr verabschiedete und ihr eine gute Nacht wünschte, wußte sie plötzlich, weshalb sie sich während des ganzen Abends so heftig an den ersten Mann ihres Lebens, an Bruno, erinnert gefühlt hatte.

Ein Wort drängte sich auf ihre Lippen, und sie sprach es gedankenverloren aus: »Zuverlässigkeit«.

»Wie bitte?« fragte er überrascht.

»Ach, nichts«, sagte sie hastig.

Als sie im Bett lag, nach einem letzten Blick in den stillen, dunklen Park, mußte sie lachen. Sie kam sich vor wie eine Internatsschülerin nach dem ersten Unterricht in Anstand und Sitte. Aber sie mußte sich eingestehen, daß ihr diese Lektion des ersten Tages nicht schlecht gefallen hatte und gut bekommen war.

Was hätte Albert gesagt, wenn er sie an diesem Abend hätte beobachten können? Sie, die fröhliche Sexbiene, die unverwüstliche Betriebsnudel, als gut erzogene Dame mit besten Manieren und gepflegter

Ausdrucksweise! Albert wäre auf den Rücken gefallen.
Kann man mit dieser »Tour« etwa einen vierundachtzigjährigen Erbonkel verführen?
In den folgenden Tagen, beim Spaziergang rund um den See, nachmittags auf der schattigen Terrasse oder abends in der gemütlichen Bibliothek, war der alte Herr in aller Unbefangenheit mehrfach auf ein Problem zu sprechen gekommen, das ihn bedrückte. Sein Besitz, sein Vermögen – was würde nach seinem Tod daraus werden? Gustav Möllemann hatte keine Frau, nicht einmal eine geschiedene, keine Kinder, nur Nichten und Neffen von seinen längst gestorbenen Brüdern. Aber diese »Bagage«, wie er sie nannte, interessierte ihn nicht, er hatte kaum Kontakt zu ihnen, und was er über sie wußte, wußte er nur von seiner älteren Schwester, einer passionierten Junggesellin mit ausgeprägtem Familiensinn, die vor kurzem hochbetagt gestorben war. Daß Nichtsnutze ihn beerben sollten, gefiel ihm gar nicht.
Hier versuchte Babsie einzulenken. Brav ihres Auftrags gedenkend, bemühte sie sich, dem alten Herrn ein harmonisches Verwandtenleben im lieblichsten Lichte zu schildern. Wie schön es für einen rechtschaffenen Menschen doch sei, eines Tages von der Nachricht überrascht zu werden, daß der gute Onkel die geliebten Nachfahren nicht vergessen habe und –
»Stop!« schrie der Alte. »Wenn ich so etwas schon

höre! Rechtschaffene Menschen – der gute Onkel – geliebte Nachfahren! Hahaha! Erben – ja, das wollen sie! Kassieren, absahnen – aber von wegen Ehrfurcht vor dem hohen Alter oder gar Sprüche von inniger Liebe! Ach, Babsie, mein Schatz, wie herrlich jung Sie doch sind! Und so entzückend naiv!«
Und dann kramte er in dem wuchtigen Barockschrank und förderte unter einem Stoß vergilbter Akten ein zusammengefaltetetes Pergament zutage.
»Da! Unser Stammbaum! Meine Schwester, die gute, hatte nichts Besseres zu tun, als mir diese Darstellung unseres Familien-Clans zu hinterlassen, auf den allerneuesten Stand gebracht – das heißt, auf den Stand vor ihrem Tod im November letzten Jahres, glaube ich . . .«
Er breitete das Pergament aus, das in zierlicher Handschrift viele Namen und Daten enthielt. Babsie setzte sich neben Gustav auf die Lehne seines Sessels und ließ sich den Stammbaum erklären.
»Hier, dieser runde Punkt – der bin ich! Und was sehen Sie unter dem Punkt? Nichts sehen Sie! Mit anderen Worten: ich bin eine unfruchtbare Null, ein biologischer Versager, ein folgenloses Nichts! Nach mir keine Kinder, sondern nur noch die Sintflut! Aber was tummelt sich nebenan, unter meinen Brüdern? Acht Leute tummeln sich! Ich war mein Leben lang damit beschäftigt, unser Bankhaus aufzubauen und durch alle Krisen zu bringen. Meine Herren Brüder hingegen hatten nichts Besseres zu tun, als

Familien zu gründen und acht unnütze Bälger in die Welt zu setzen! Zum Glück haben drei schon das Zeitliche gesegnet. Bleiben immer noch fünf. Soll ich die nun etwa ernähren?«

»Aber, Herr Möllemann!« rief Babsie. »Das sind doch keine Kinder mehr, die werden doch längst auf eigenen Füßen stehen!«

»Auf eigenen Füßen? Dann wollen wir uns die doch mal ansehen, die eigenen Füße. Ich lese mal vor – ach, meine liebe pedantische Schwester...«

Am Stammbaum hing ein Oktavheft, mit einer roten Kordel im Pergament befestigt.

»Da – in der Reihenfolge ihres Alters. Titus Möllemann in Baden-Baden. Beruf: Kochkunstkritiker. Haben Sie so etwa schon gehört? Kann man davon leben? Ja, satt werden vielleicht. Aber immer nur über das Essen meckern – ist das eine abendfüllende Beschäftigung für anständige Leute? Und hier: Otto Möllemann. Wissen Sie, was der ist? Das schwärzeste Schaf der Familie! Der steckt in der Fremdenlegion! Ach, Schwamm drüber!«

Babsie wagte einen Einwand. »Man müßte wissen, ob er etwas erlebt hat, das ihn vielleicht –«

Gustav hob abweisend die Hand. »Schwamm drüber! Und nun hier: in Düsseldorf sitzt der allergrößte Spinner, Albert Möllemann. Schimpft sich Erfinder, aber eins hat er bestimmt nicht erfunden: das Schießpulver!«

Babsie gluckste stillvergnügt in sich hinein.

»Da ist mir Florentine noch lieber, meine Nichte in Hannover. Die hat doch wenigstens verstanden, aus ihrem Mann den größten Waschlappen der Stadt zu machen. Wovon sie leben? Wohl nur von der Hoffnung auf eine Erbschaft. Und wenn Sie den jüngsten Neffen Möllemann besuchen wollen, Emil, aber der ist auch schon vierundvierzig, müssen Sie nach Sizilien fliegen, wo er als Emilio Möllemann Chef einer berüchtigten Erpresserbande geworden ist. Der hat sich wenigstens selbständig gemacht. So, da haben Sie meine lieben Angehörigen. Was sagen Sie nun?«
»Das ist alles? Keine entfernteren Verwandten?«
»Doch, hier am Rande, an den äußersten Ästen des Stammbaums zappeln noch ein paar Zerquetschte. Aber ich habe keine Lust, die auch noch unter die Lupe zu nehmen.«
Er warf das Pergament in den Schrank zurück. »So, jetzt machen wir ein bißchen Lärm. Legen Sie mal 'ne schöne Platte auf. Mir ist nach Rock-Musik!«
»Rock-Musik?«
»Warum nicht? Früher liebte ich Barock-Musik. Das ›Ba‹ habe ich mir inzwischen abgewöhnt. Man muß sparen.«
Es wurde ein fröhlicher Abend.
Am nächsten Tag, es war sehr warm, gingen sie wieder zum See.
»He, Babsie!« rief Gustav. »Wollten Sie nicht mal wieder baden?«
»Ja, sehr gern – aber ich habe nichts bei mir...«

»Na und? Das hatten Sie neulich auch nicht.«
»Gewiß, nur –«
»Keine Hemmungen, bitte! Darf ich zuschauen? Ich muß doch aufpassen – falls der Besitzer kommt.« Genüßlich ließ er sich auf einem Baumstumpf nieder.
Babsie lachte. Ungeniert zog sie sich das Kleid über den Kopf, schleuderte die Sandalen weg und streifte den Slip ab. Fröhlich lief sie zum Wasser, schwamm in langen Stößen bis zur Mitte des Sees, und als sie wieder das Ufer betrat, schlängelte sich eine Seerose malerisch über ihre Schulter, sie sah aus wie ein Geschöpf von Fidus, dem Maler des Jugendstils.
Er blickte sie bewundernd an. »Stop! Bitte, bleiben Sie stehen!«
Da stand sie, sonnenüberflutet, Wasserperlen schimmerten auf der Haut, gleichmäßig hob und senkte ihr Atem die vollen Brüste.
Er wurde fast feierlich. »Babsie, ich muß Ihnen dreierlei sagen. Erstens: ich habe lange nicht mehr etwas so Schönes gesehen. Zweitens: Plötzlich erinnere ich mich gewisser Dinge, die ich fast vergessen glaubte. Drittens: Mir ist auf einmal, als wäre ich zehn Jahre jünger, und das haben Sie fertiggebracht – Babsie, was hast du aus mir gemacht –?«
Babsie kniete sich vor ihn hin, legte zärtlich ihre Arme um seinen Hals und sah ihm tief in die Augen. »Du bist zwanzig Jahre jünger...«

Es klopfte an Babsies Zimmertür. Schwester Eva stand draußen.
»Er möchte sie sprechen ...«
»Ich komme!«
Babsie lief hinunter, warf dem Professor einen fragenden Blick zu. Sanft zuckte die Schultern, wandte sich ab.
»Bitte, Doktor«, sagte der Kranke, »lassen Sie mich mit dem wunderlichen Geschöpf, das soeben die Schwelle übertreten hat, einen Augenblick allein.«
»Selbstverständlich, Herr Möllemann.«
Der Professor ging hinaus, Schwester Eva mit sich ziehend.
Wirklich, ein erstaunlicher Mensch! Der lange, gedrechselte Satz, den er soeben mit deutlicher Stimme von sich gegeben hatte, war die Formulierung eines Gesunden, eines über den vollen Besitz aller physischen und psychischen Fähigkeiten verfügenden Mannes, nicht eines kranken, wenn nicht gar sterbenden Vierundachtzigjährigen.
Andererseits – die hellsichtige Klarheit, mit der er über sein bevorstehendes Ende gesprochen hatte. Der hektisch wechselnde Pulsschlag. Die unterschiedliche Temperaturhöhe. Die fahlen Flecken im Gesicht ...
Als Arzt hatte man da seine Erfahrungen.
Nach einer ganzen Weile – Professor Sanft ging in der Halle unruhig hin und her, Schwester Eva stand am Fenster und rang die Hände (oder betete sie?

Der Beruf hatte sie noch nicht unempfindlich gemacht!) –, nach einer ganzen Weile öffnete sich die Tür zum Schlafzimmer Gustav Möllemanns, Babsie kam heraus, mit geröteten Augen, blaß und folglich noch schöner, blickte sich einen Augenblick lang verwirrt um, als müsse sie sich orientieren, nickte dem Arzt zu und flüsterte: »Sie können jetzt zu ihm hinein . . .«

Dann lief sie hinauf in ihr Zimmer.

Aus dem Leben eines Kochkunstkritikers

Der Journalistenberuf sei eine tolle Sache, glauben viele Leute. Was man dabei alles erlebt, wie weit man herumkommt, wie bevorzugt man behandelt wird! Ausstellungseröffnungen, Galavorstellungen, Opernpremieren, Kino-Uraufführungen, Festkonzerte, Festwochen, Festspiele – und immer ist die Presse dabei, hat freien Eintritt, Ehrenkarten, sitzt auf den besten Plätzen, damit sie besonders gut sehen und hören und folglich recht positiv über das Erlebte berichten kann. Ein Mensch mit Presseausweis: das ist ein besonderer Mensch, ein privilegierter, ein bewunderungswürdiger.

Toller Beruf ist das, glauben die Leute, ein Traumberuf.

Und was einem alles zusätzlich in den Schoß fällt! Nach jeder Veranstaltung gibt es ein Büffet, wird zum Umtrunk geladen, erhält man Präsente und kleine Erinnerungsgaben von manchmal recht großem Wert, und Werbegeschenke sollen vorkommen, die auf fatale Weise an Bestechung erinnern. Aber diesen Verdacht – jemandes gute Meinung kaufen zu wollen – weisen die Veranstalter ganz entschieden von sich. Das sei echte Freundschaft, und einen echten Freund beschenkt man nun einmal, ob er zufällig Journalist ist oder nicht. Und wenn sich der Freund, falls er zufällig Journalist ist, mit dieser oder jener Freundlichkeit (z. B. in Form einer liebenswürdigen Besprechung, eines begeisterten Feuilletonartikels oder gar einer veritablen Hymne) revanchieren sollte, dann geht das in Ordnung, dann gehört sich das so – das ist unter guterzogenen Menschen so üblich.

Fragt einen Titus Möllemann, ob er als Journalist bestechlich sei, so wird er müde lächelnd die Augenbrauen hochziehen und die beleidigende Frage keines Schnaufers für würdig halten.

Titus Möllemann – wir haben es inzwischen vernommen – nennt sich »Kochkunstkritiker«. Onkel Gustav konnte sich darunter nichts Rühmenswertes vorstellen. Begeben wir uns also nach Baden-Baden, um zu erfahren, was es mit diesem umstrittenen Metier auf sich hat.

Als Titus zur Welt kam, hatte er Hunger. Seine Mutter bekam ihn nicht weg von der Brust, nicht weg von der Flasche, später nicht weg vom Kochtopf. Als Pennäler aß er seinen Mitschülern die Pausenbrote auf. Zu Hause naschte er von allem, was seine gierigen Finger auftreiben konnten. Vom Sport war er befreit wegen Fettleibigkeit, vom Militär wegen totaler Immobilität. Sein Studium scheiterte daran, daß er sämtliche Fakultäten von der Juristerei bis zur Theologie als »brotlose« Künste entlarvte. Erst als ihm jemand von dem paradiesischen Leben der Journalisten vorschwärmte, erkannte Titus plötzlich sein berufliches Ziel: Presse, ja, Presse – das war etwas – Presse!

Bald war Titus Möllemann, obgleich er anfangs nur kleine Provinzzeitungen bediente, einer der gefürchtetsten Fressenausweisinhaber – pardon: Presseausweisinhaber. Und schon bald schlug seine große Stunde: er bewarb sich und wurde eingestellt als zweiter Redakteur eines Fachblattes, das ein faszinierendes Sachgebiet behandelte und einen ebenso unwiderstehlichen Titel hatte: *»Schmausen und Schlürfen.«*

Mit dem ganzen Gewicht seiner gewaltigen Persönlichkeit warf sich Titus in die lukullische Materie, entwickelte einen Sprachschatz, wie er kaum einem anderen Gaumengenußkritiker zur Verfügung stand, hatte es bald zum ersten Redakteur gebracht und eines Tages endlich den Platz des Chefredakteurs erobert, nachdem sein Vorgänger einem Fettsuchtkollaps, verbunden mit unheilbarem Delirium tremens, zum Opfer gefallen war.

Chef von »*Schmausen und Schlürfen*« zu sein, bedeutete, hohe Verantwortung zu tragen. Schließlich lebte dieses monatlich erscheinende, reich illustrierte Kompendium von der stillschweigenden Übereinkunft einiger tausend Gourmets, den Sinn

des Lebens nicht in der schlichten Tatsache des Lebens an sich erschöpft zu sehen, sondern darin, ein gutes, ein besseres, ein besonderes Leben zu leben, und das hieß in der kultivierten Gemeinde nichts anderes, als über alle Maßen gut und genußvoll zu essen, zu trinken – kurz: zu schmausen und zu schlürfen. Es steckte also eine Art Weltanschauung dahinter, und seit Titus seinem Magazin das feinsinnige Motto »Feinschmecker aller Länder – vereinigt Euch!« vorangestellt hatte, erfreute es sich eines festen, unerschütterlich zusammenhaltenden Leserstamms von internationalem Zuschnitt.
Baden-Baden erwies sich als idealer Sitz des Verlages. Der berühmte Badeort mit einem zahlungskräftigen Publikum, das hier seine Gicht, seinen Rheumatismus oder seine Katarrhe der Atmungsorgane loszuwerden hoffte, versammelte nicht nur unzählige kulinarisch verwöhnte Persönlichkeiten in seinen Mauern, sondern galt auch als traditioneller Umschlagplatz zum gallischen Raum. Die Einflüsse der weltbekannten französischen Küche wanderten vornehmlich über Baden-Baden nach Deutschland und wurden hier von Titus Möllemann und seinem *»Schmausen und Schlürfen«* unmittelbar aufgefangen und für deutsche Leckermäuler und -kehlen gewinnbringend verarbeitet.
Wenn Titus der Hunger überfiel, und das passierte ihm vor allem in den Mittag- und Abendstunden, schlug er sein Notizbuch auf, stellte fest, welches

Lokal »dran« war, bestellte sich telefonisch ein Taxi, natürlich auf Geschäftskosten, sagte zu seiner Sekretärin: »Frau Weseling, ich gehe mal kurz kritisieren – gehe ich mal!», worauf Frau Weseling, verständnisinnig lächelnd, guten Appetit wünschte, und ließ sich in das als »fällig« ermittelte Restaurant fahren.
Schnaufte sich seine massige Gestalt durch die Tür, gab der Oberkellner dem Geschäftsführer ein Zeichen, worauf dieser herbeieilte, Herrn Möllemann begrüßte und zu seinem Stammplatz geleitete. Einen Stammplatz hatte Titus in jedem Lokal, und wehe, wenn der einmal besetzt war.
»Herr Möllemann«, flüsterte der Geschäftsführer eifrig, »wir haben heute Escargots – so etwas Erlesenes wird Ihnen seit langem nicht mehr auf die Zunge gekommen sein!«
»Herr Meier-Fehling«, schnaufte Titus darauf blitzenden Auges, »was in letzter Zeit auf meiner Zunge gelegen hat – auf meiner Zunge in letzter Zeit – entzieht sich bitteschön Ihrer Kenntnis – entzieht es sich!«
»Sehr wohl, Herr Möllemann, aber unsere – –«
»Ihre Schnecken kommen, ich wette, aus den stinkenden Sümpfen von Taiwan – aus den stinkenden – und wurden mit vorfabrizierter Kräuterbutter auf Alutellern verschweißt – wurden sie auf vorfabrizierten!«
Nach diesem langen Satz mußte sich Titus erst ein-

mal mit einem Bacardi-Cocktail stärken, den der allwissende Oberkellner bereits für ihn gemixt hatte. Der Geschäftsführer wußte, was er seinem prominenten und leider ach so wichtigen Gast schuldig war. »Aber, Herr Möllemann«, er zwang sich zu einem leicht gekränkten Gesichtsausdruck, »unsere Escargots kommen aus Burgund, wo sie mit den erlesensten Weinblättern gefüttert werden! Ich überzeuge mich von Zeit zu Zeit selbst an Ort und Stelle vom Wohlgedeihen unserer lieben Tierchen!«
»Geschenkt, geschenkt!« winkte Titus ab. »Also, in Gottesnamen, her mit den Schnecken, und lassen Sie mich daran ersticken – lassen Sie mich daran!«
Die Schnecken kamen – eine Platte mit vierundzwanzig Stück, unter dem tat es der Herr Kochkunstkritiker nicht, wie der Geschäftsführer wußte.
Donnerwetter, deliziös, dachte Titus und verspeiste bis zum letzten Fettropfen das köstliche Mahl. Dann gab er sich einen Ruck, vergaß den privaten Genuß und setzte ein dienstliches Gesicht auf. Schon stand der Geschäftsführer dienernd neben ihm.
»Herr Meier-Fehling«, seufzte Titus, »gut, Taiwan habe ich diesmal nicht herausgeschmeckt. Aber das waren keine Schnecken aus Burgund, sondern aus dem Elsaß – waren das! Und nun rufen Sie mir Ihren Chefkoch – rufen Sie mir Ihren!«
»Sehr wohl, Herr Möllemann!«
Ebenfalls dienernd eilte der Mann mit der Kochmütze herbei.

»Herr Brenneis!« – Titus kannte alle Chefköche Baden-Badens bei Namen – »Herr Brenneis, wo war denn diesmal der Estragon?«
»Estragon?« begehrte der Chefkoch auf, die Püffe des hinter ihm stehenden Geschäftsführers nicht beachtend, denn hier ging es ja um die Berufsehre! »Estragon? Ein ganzer Eßlöffel voll war dabei, ich werde doch Estragon nicht vergessen!«
»Dann lag es am Knoblauch! Mindestens vier Zehen gehören daran – mindestens vier!«
»Es waren fünf!« rief stolz der Koch.
»Na, bitte!« Titus warf resigniert die Serviette auf den Tisch. »Das wollte ich hören! Merken Sie sich, Herr Brenneis: zu vierundzwanzig Schnecken, wenn sie noch dazu aus dem Elsaß kommen – aus dem Elsaß noch dazu – gehören sechs Knoblauchzehen! Sie sollten sich Ihr Lehrgeld wiedergeben lassen – Ihr Lehrgeld sollten Sie sich!«
Ehe Herr Brenneis seinen weit aufgerissenen Mund wieder schließen konnte, hatte der Geschäftsführer ihn bereits in die Küche zurückgeschubst, wo er sich schwitzend beeilte, Titus ein Versöhnungsgericht schmackhaft zu machen.
»Herr Möllemann, ich weiß, Sie schätzen unser Carpaccio-Filet, wir haben wunderbar abgehangene Stücke, allerdings hätten wir auch eine Barbarie-Ente, bei der einem das Wasser im Munde zusammenläuft. Was darf ich Ihnen offerieren, diese oder jenes?«

»Mir ist zwar der Appetit vergangen, Herr Meier-Fehling«, schnaufte Titus, »aber ich will Ihnen die Chance geben, Ihre Zensur zu verbessern – will ich Ihnen. Servieren Sie mir also zuerst das Filet, dann die Ente. Dazu einen dreiundsiebziger Mouton-Cadet von Philippe de Rothschild. Und hinterher einen starken Café au Kirsch. Ich habe heute leider keinen großen Hunger – leider heute nicht.«

»Sehr wohl, Herr Möllemann, zu Diensten, Herr Möllemann ...«

Zwei bis drei Stunden vergingen dann, bis Titus, unermüdlich bedauernd, leider nicht bei Appetit zu sein, die Angebote des Hauses kritisch schnaufend geprüft, das heißt restlos verzehrt hatte.

Dann wiederholte sich das altbekannte Ritual.

»Zahlen!« rief Titus. Manchmal rief er auch, um seine internationale Bildung zu beweisen: »L'addition, s'il vous plaît!«

Der Geschäftsführer eilte herbei, Vorwurf im Blick.

»Aber, ich bitte Sie, Herr Möllemann, alles erledigt, Herr Möllemann!«

»Tatsächlich?« wunderte sich Titus immer wieder. »Na schön. Schließlich bin ich auch nicht als Privatmann bei Ihnen – bin ich schließlich nicht.«

»Ich weiß, Herr Möllemann. Sie haben es gewiß nicht leicht, Herr Möllemann. Ich hoffe, Sie sind mit uns zufrieden, Herr Möllemann.«

»Doch, doch, es ging, Herr Meier-Fehling. Bis auf die Schnecken – bis auf die ...«

In der nächsten Ausgabe von *»Schmausen und Schlürfen«* wird dann unter der Rubrik »Baden-Baden speziell« zu lesen sein: »Die Barbarie-Ente im Restaurant *Zur Goldenen Sonne* ist wie immer von vorzüglicher Qualität, vor allem, wenn sie, wie hier, mit Armagnacpflaumen (in attraktiven Streifen) und Kiwischeiben kunstvoll serviert wird. Meister Brenneis versteht sein Handwerk. Und Geschäftsführer Meier-Fehling weiß, was er an ihm hat. Drei Sterne für die *Goldene Sonne*!«
Herr Meier-Fehling wird diese Zeilen mit stiller Genugtuung lesen, Frau Brenneis sie ausschneiden, aufkleben, fotokopieren und beim nächsten Damenkaffeeklatsch stolz verteilen.
Es gibt eine Menge guter Restaurants in Baden-Baden, eine Menge renommierter Hotels mit vorzüglicher Küche, es gibt eine Menge anspruchsvoller Lokale und spezialisierter Bistros und Gaststätten. Titus Möllemann, in seinem Beruf sich aufopfernd, hat alle Hände und den ganzen Bauch voll zu tun, um in regelmäßigem Turnus mittags und abends auf dem laufenden zu bleiben. Ein Kritiker, der davon lebt, vergleichen zu können, darf sich nicht schonen. Und vor allem darf er seinen Maßstab nicht herabsetzen. Nicht umsonst hat *»Schmausen und Schlürfen«* in der internationalen gastronomischen Welt jenen guten Ruf, den nur Arroganz und nachlassender Anspruch aufs Spiel zu setzen vermögen.
Bei einem pflichtbewußten Chefredakteur wie Titus

Möllemann aber können Verlag und Leserschaft sicher sein, daß der Anspruch bleibt, was er ist, nämlich ein hoher.

Eines Tages speiste Titus Möllemann im Restaurant eines Hotels, dessen Küche sich etwas auf ihre chinesischen Spezialitäten zugute hielt. Und natürlich war es zu einem Disput zwischen dem Koch und seinem erlauchten Gast gekommen, der partout behauptete, »Chop Suey« sei ein im Fernen Osten völlig unbekanntes Gericht, lediglich in Europa verbreitet und seines fremdländischen Namens wegen für ein chinesisches gehalten.
Der Koch widersprach nicht nur dieser Behauptung Möllemanns, sondern wollte sich eigensinnig auch nicht dazu bereit erklären, Huhn und Schwein zusammen auf einer Platte zu servieren, wie Titus es wünschte. Der Geschäftsführer, Böses ahnend, eilte herbei und schickte den Koch in die Küche zurück. Mit ungehaltenem Brummen, denn er war noch nicht lange in dieser Stellung, verschwand der beleidigte Mann. Um Titus abzulenken, kam der Geschäftsführer auf andere Sorgen zu sprechen: das Hotel sei in die roten Zahlen geraten, der Besitzer wolle es verkaufen, werde es aber nicht los.
»Ihr habt ein schlechtes Management!« rief Titus sachverständig. »Und mit diesem neuen Koch könnt ihr auch keinen Blumentopf gewinnen – könnt ihr nicht!«

»Um Gottes willen, Herr Möllemann, hat es Ihnen denn nicht geschmeckt? Sie waren doch sonst immer zufrieden!«
Titus lehnte sich mit verächtlichem Gesichtsausdruck zurück. »Ein Kompliment muß ich Ihnen machen – es war besser als im Bahnhofs-Eck!«
»Aber – aber wir sind ein Zwei-Sterne-Restaurant!«
»Sie waren es, mein Herr! Lesen Sie meine Kritik in der nächsten Nummer!«
Der Geschäftsführer erblaßte. »Bitteschön, was haben wir falsch gemacht?«
»Ich zähle auf: Die Paté château froid liegt mir wie ein Stein im Magen. Ich mag keine Steine im Magen – mag ich keine. Die Sauce de la maison für den Babybutt hätte sich auf einem Hamburger wohler gefühlt. Und auf den Chop Suey möchte ich doch gleich verzichten – möchte ich doch.«
Der Geschäftsführer zeigte auf den Teller mit Nachtisch. »Und diese Coupe Surprise?»
»Enthält den Meerrettich, der beim Babybutt gefehlt hat.«
Ehe der Geschäftsführer nach Luft schnappen konnte, betrat Möllemanns Sekretärin, Frau Weseling, aufgeregt das Restaurant und eilte auf Titus zu. »Ein Brief, Herr Möllemann, ich glaube, es ist sehr wichtig . . .«
Und Titus las: ». . . die traurige Pflicht, Ihnen mitzuteilen, daß Herr Gustav Möllemann im gesegneten Alter von vierundachtzig Jahren gestern früh . . .«

Titus ließ den Brief sinken. »Onkel Gustav ist tot ...«
»Ist das nicht schrecklich, Herr Möllemann?«
Er blickte Frau Weseling verständnislos an. »Wieso? – Ach so, ja, natürlich ...«
Er las weiter. »... als Testamentsvollstrecker bitte ich Sie, am 16. September zum Zwecke der Testamentseröffnung in die Villa des Entschlafenen zu kommen ...«
»Mein aufrichtiges Beileid, Herr Möllemann.«
»Wieso? – Ach so, ja, danke, Frau Weseling.« Dann wandte er sich wieder dem Geschäftsführer zu, der noch immer wie ein Häufchen Elend neben ihm stand.
»Champagner, bitte!«
»Sehr wohl, Herr Möllemann. Aber, bitte – wollen Sie mir wirklich die zwei Sterne wegnehmen?«
»Selbstverständlich! – So, das war die schlechte Nachricht für Sie. Aber jetzt eine gute: Ich habe mich entschlossen, Ihr Hotel zu kaufen – habe ich mich!«
»Wunderbar, Herr Möllemann! Da fällt mir aber ein Stein vom Herzen!«
»Lassen Sie ihn lieber drauf! Denn jetzt hab' ich wieder 'ne schlechte Nachricht: Sie kauf' ich nicht mit. Sie und der Koch sind entlassen – sind Sie! Und wo bleibt der Champagner?«

Erfinder sind auch nur Menschen

Albert Möllemann trug einen weißen Arbeitskittel, den einzigen, der noch leidlich sauber war und ohne gestopfte Ärmel auskam, er hatte einen knallroten Schal um den Hals geworfen – mitten im Sommer, aber er fand, es gab ihm einen Touch von Genialität – und mit den dunkelgelben, durchbrochenen Lederhandschuhen schien er andeuten zu wollen, daß alles, was seiner Erfinderwerkstatt entstammte, verdiente, besonders behutsam angefaßt zu werden.
Die Werkstatt lag auf dem Hinterhof eines Hauses an der Peripherie von Düsseldorf, und zwar im toten Winkel des Gebäudes, so daß niemand, der aus dem Fenster sah, einen Blick auf die Werkstatt und ihren Vorplatz werfen konnte. Auf diesen toten Winkel hatte Albert von Anfang an großen Wert gelegt. Ihm stand warnend das Schicksal berühmter Erfinderkollegen vor Augen, die durch infame Werkspionage um den Lohn jahrelangen inspirierten Schaffens gebracht worden waren.
Dennoch muß gesagt werden, daß Albert nicht etwa, weil ihm seine Patente und deren Auswertung von

ruchlosen Nachbarn gestohlen worden wären, ein armer Mann geblieben war, sondern weil es ihm bisher so gut wie noch nie gelungen war, aus seinen Erfindungen Kapital zu schlagen.

Das sollte nun alles anders werden. An diesem Nachmittag empfing er den Besuch von zwei Vertretern eines großen Unternehmens, das sich in den Kopf gesetzt hatte, der Bundespost Konkurrenz zu machen – deren Monopolstellung sollte endlich erschüttert werden. Albert Möllemann – und nur dieser – hatte mit einer sensationellen Erfindung das Interesse der mutigen Firma geweckt, und heute war es so weit: die beiden Herren wollten sich vom Sinn und Wert und von der Verwendbarkeit der Möllemannschen ETRATA, einer zum Bundespatent angemeldeten künstlichen »Eil-Transport-Taube«, überzeugen.

Albert und die beiden Herren starrten zum Himmel, an dem ein Miniaturflugzeug seine Kreise zog. Albert hielt ein kleines Steuergerät in der Hand, das er bediente.

»Na, hören Sie mal! So etwas kennt man doch längst! Mein Neffe spielt jeden Tag damit!« entfuhr es einem der Herren, einem kleinen Dicken mit beginnender Glatze.

»Mitnichten!« belehrte ihn Albert, mokant lächelnd. »Das Neue an meinem Modell ist die praktisch unbegrenzte Reichweite der Frequenzen. Wenn die Schalttafel fertig ist, die sich noch in der Entwicklung befindet, kann ich mit einem einzigen Knopfdruck einhundertundzwanzig ETRATAs in die Luft schikken, und jede einzelne ist in der Lage, ein Päckchen in den von der Bundespost zugelassenen Maßen über eine Entfernung von bis zu 22,7 Kilometern zu transportieren, was also eine enorme personelle Enlastung eines Großstadtpostamtes bedeuten würde.«

Der zweite Herr, ein großer dünner, verzog sein Gesicht. »Ich höre immer Postamt. Sie vergessen, daß wir ein privates–«

»Gewiß, gewiß!« unterbrach ihn Albert. »Ich wollte ja auch nur einen Qualitätsvergleich anstellen.«

In diesem Augenblick setzte das Miniflugzeug zu einem gefährlichen Tiefflug an, und als es nur wenige Zentimeter über die Köpfe der erschrockenen Zuschauer hinwegbrauste, konnte man deutlich erkennen, daß es die Gestalt einer Taube hatte, die in ihren zierlichen Krallen ein Paket in den von der Bundespost zugelassenen Maßen trug.

»Wirklich erstaunlich!« mußte der Dicke zugeben.

»Haben Sie je eine schönere Brieftaube gesehen?« rief Albert herausfordernd.

Der Lange aber vermochte seine Skepsis offenbar noch nicht zu überwinden.

»Wie steht es denn mit der Bedienung der Schalttafel?« fragte er lauernd. »Kann ein einziger Mann alle hundertundzwanzig ETRATAs lenken?«

»Diese Arbeit wird eines Tages von einem Roboter

übernommen werden, von dem ich bereits den wichtigsten Teil fertiggestellt und erprobt habe –«
»Welchen?«
»Die Füße. Ein Roboter, der nicht auf sicheren Füßen steht, ist ein unzuverlässiger Partner. Bis zur Fertigstellung des Roboters sind meine ETRATAs auf individuellen Service angewiesen.«
»Soll das etwa heißen, daß jedes Transportflugzeug einen Mann Bedienung benötigt?«
»Selbstverständlich. Das garantiert erstens hundertprozentige Zuverlässigkeit – von gelegentlichem menschlichen Versagen einmal abgesehen – und zweitens einen hohen Beschäftigungsstand bei Ihrem Personal. Die Gewerkschaft wird es Ihnen danken.«
Ehe die Herren ihre Sprache wiederzufinden vermochten, unternahm Alberts ETRATA einen neuen Tiefflug, wobei die Taube plötzlich ihre Krallen löste, so daß das Päckchen gezielt auf des Erfinders Hinterhaupt landete, der, von der Wucht des Anpralls überrumpelt, prompt zu Boden ging. Etwas benommen richtete er sich auf und strahlte seine Gäste an: »Na? Was sagen Sie nun? War das eine gekonnte Landung?«
Der Dicke fing an zu lachen. »Ist diese Art der Gepäckablieferung etwa vorprogrammiert?»
»Aber nein, meine Herren!« stotterte Albert. »Natürlich wird jeder einzelne Empfänger durch Anruf oder Brief rechtzeitig darüber informiert, daß und

wann eine Lieferung für ihn unterwegs ist. Denn er muß doch ins Freie, auf die Straße oder in den Garten, um die Sendung aufzufangen! Ich bin auch bereits dabei, entsprechende Fangnetze zu entwickeln für bis zu drei Päckchen auf einmal in den von der Bundespost zugelassenen Maßen.«

Da Albert bei seinem Sturz das Steuergerät hatte fallen lassen, geriet seine ETRATA plötzlich ins Taumeln. In weitem Bogen flog sie, sich drehend und kreischend, auf die beiden Besucher zu, die sich geistesgegenwärtig neben Albert auf die Erde warfen. Hinter ihnen prallte die Taube an die Mauer und explodierte mit lautem Knall, wobei sie ein tiefes Loch in die Werkstattwand riß.

Tief betrübt betrachtete Albert die Trümmer. »Tut mir leid«, sagte er kopfschüttelnd. »Die Fortsetzung unserer Demonstration muß verschoben werden, da mir ein zweiter Prototyp der ETRATA noch nicht zur Verfügung steht. Der erste schien noch nicht ganz ausgereift zu sein . . .«

»Ich mache Ihnen einen Vorschlag«, sagte der lange Dünne und klopfte sich den Staub vom Anzug. »Erfinden Sie zunächst eine Erfindung gegen das Erfinden. Wir sind dann unter Umständen gern bereit, Sie noch einmal aufzusuchen.«

Sprach's und verließ grußlos das Gelände, seinen noch immer wie Espenlaub zitternden dicken Begleiter kameradschaftlich stützend.

Der Abend, der auf diesen katastrophalen Nachmittag folgte, war für Albert weder schön noch geeignet, ihn zu neuen Erfindungen anzuregen. Im Gegenteil: es wurde ein Abend ehrlicher, schonungsloser Selbstkritik.

Albert war am Ende. Das wußte er plötzlich glasklar. Das bißchen Kleingeld, das ihm nach seinen letzten Investitionen in mißlungene Experimente übriggeblieben war, hatte eine völlig nutzlose dreitägige Exkursion in die Nähe von Stuttgart verschlungen. Erfindungen sind Investitionen in die Zukunft. Diese Binsenweisheit war Albert natürlich geläufig. Auch die Reise nach Stuttgart, an den Sitz der Residenz des Bankdirektors Gustav Möllemann, war als Zukunftsinvestition gedacht. Die Hoffnung auf einen baldigen friedlichen Abgang des steinalten und steinreichen Erbonkels, der Versuch, herauszufinden, ob denn diese Hoffnung sich nicht bald erfüllen könnte – warum, zum Teufel, sollte er, Albert, die Kosten dieses Unternehmens eigentlich allein tragen? Hatten nicht *alle* Erbberechtigten bei der Konferenz von Baden-Baden ihn, Albert, beauftragt, seinen guten Vorschlag in die Tat umzusetzen? Den Vorschlag nämlich, die hübsche junge Babsie, Spezialistin für liebevolle Behandlung älterer Herren, auf Gustav Möllemann »anzusetzen«?

Babsie – dieses Biest! Hätte sie sich nicht melden können? Einmal kurz anrufen? Vier Wochen waren seit ihrer gemeinsamen Reise vergangen, und nichts

war von dem süßen Früchtchen zu hören, sie blieb wie vom Erdboden verschwunden.
In der Düsseldorfer Herrenwelt rumorten Unruhe und Verwunderung. Unzählige Male am Tag (und erst in der Nacht!) klingelte das Telefon in Babsies Wohnung. Immer vergeblich. Die Post wußte kaum noch wohin mit den Briefen für sie. Es herrschte eine starke Unzufriedenheit, wenn nicht gar Unbefriedigtheit in Hotels und Pensionen, und in den einschlägigen Clubs raunten sich die Herren immer die gleichen Fragen zu: Haben Sie was von ihr gehört? Wo kann sie bloß stecken? Ob sie sich etwa verliebt – gar heimlich geheiratet hat? Aber so schlecht mochte niemand von Babsie denken. Nein, das brachte sie gewiß nicht fertig, ihre vielen Freunde und Verehrer zu verlassen oder zu betrügen.
O ja, sie wurde sehr vermißt.
Und Albert war am Ende. Nicht nur das Glück, auch seine Frau hatte ihn verlassen. Vor vierzehn Tagen hatte sie klammheimlich ihre Koffer gepackt und ihm einen Zettel hingelegt: »Bin bei meinen Eltern. Solltest du wieder einmal in der Lage sein, eine Frau ernähren zu können, kannst du mich ja anrufen. Falls ich bis dahin noch frei bin. Gruß Lisa.«
Albert haderte mit seinem Geschick. Er, ein genialer Erfinder (das war er, nur wußte es keiner außer ihm), nagte am Hungertuch. Da unten aber, in Schwaben, in der weißen Villa bei Stuttgart, saß ein überflüssiger uralter Krösus auf seinen Geldsäcken und dachte

nicht daran, einen notleidenden Erfinder im Interesse der Nachwelt zu unterstützen.
Mit den schwärzesten Gedanken im Kopf schlief Albert ein, nachdem er ein paar Beruhigungstabletten geschluckt hatte, und geweckt wurde er am anderen Morgen erst durch das stürmische Klingeln und Klopfen des Briefträgers, der ein Einschreiben für Albert Möllemann brachte.
Und da lag sie vor ihm, die heißersehnte Nachricht. Albert las sie wieder und wieder. Und mochte noch immer nicht an sein Glück glauben.
»... daß Herr Gustav Möllemann im gesegneten Alter von vierundachtzig Jahren ...«
Keinen Tag länger hättest du dir die Sache überlegen dürfen, alter Junge, dachte Albert. Keinen Tag länger, vielleicht hätte ich mich inzwischen aufgehängt.
»Babsie!« schrie er plötzlich und tanzte durch das Zimmer. »Babsie, verzeih mir, daß ich an dir zu zweifeln begann! Ach, Babsie, du hast dich selbst übertroffen! Ich bin stolz auf dich, alle Männer von Düsseldorf sind stolz auf dich! O komm bald wieder, damit wir uns bei dir bedanken dürfen!«
Was für ein Mädchen! Wenn er an ihr Handwerkszeug dachte, an ihre braune Haut, ihre vollen Lippen, ihre schönen Arme, die Brüste, die Schenkel – o, dann wurde ihm plötzlich ganz heiß ... Aber, papperlapapp! Was sind die herrlichsten weiblichen Attribute gegen die Millionen, die sich vor seinem

geistigen Auge plötzlich zu schwindelnden Höhen türmten!
Hastig rief er seine Schwiegereltern an.
»Lisa«, sagte er feierlich. »Lisa, komm zurück! Wir sind gerettet! Onkel Gustav ist tot!«
»Albert!« jubelte es durchs Telefon. »Ich komme! Aber versprich mir, daß jetzt alle meine Wünsche in Erfüllung gehen!«
»Alle, Lisa, alle! Es gibt nichts, was ich dir nicht versprechen werde! Komm schnell zurück und bring ein bißchen Geld mit, damit wir heute groß ausgehen können!«
Lisa kam, brachte Geld mit, und als der Lokalbesitzer erfuhr, was für Glückspilze heute bei ihm speisten, spendierte er eine Flasche Wein vom besten.
Ja, reiche Leute sind hochangesehen. Auch wenn es sich nur um arme Erfinder handelt.

Die Freudentränen der Florentine

Ein Tag im Leben des Rüdiger Starkmann verlief wie der andere.
Um sechs Uhr früh wurde er wach. Ohne Wecker. Ein Wecker hätte mit seinem brutalen Klingeln Florentine aus dem Schlaf gerissen. Und das wollte Rüdiger verhindern. Nicht etwa aus Rücksichtnahme, nein, aus purem Egoismus. Wenigstens eine Stunde des Tages, die erste am Morgen, die einem Gerücht zufolge Gold im Munde haben soll, wollte er ungestört für sich besitzen, ohne die schrille Stimme seiner Frau.
Es war also die Angst, die ihn pünktlich um sechs aus den Federn trieb.
In Windeseile wusch sich Rüdiger, zog sich leise an und begab sich in die Küche, um das Frühstück zuzubereiten. Und zwar so, wie Florentine es wünschte: ein weichgekochtes Ei, ein Becherchen Yoghurt mit Früchten, zuckersüße Konfitüre aus französischen Rosenblättern, drei Scheiben ungarische Salami, eine große Scheibe norwegischen Emmentaler, frische Brötchen natürlich, eiligst vom

Bäcker nebenan geholt. Und dann die Hauptsache: ein Kännchen starken Kaffees und daneben ein Töpfchen siedenden Wassers, weil Florentine erst, wenn sie sich im Bett aufrichtete, die Entscheidung zu treffen pflegte, ob sie heute Kaffee oder indonesischen Tee zu trinken begehrte.
Bis es so weit war, hatte Rüdiger in der Küche bereits seine Marmeladenstullen verschlungen (aus Ersparnisgründen verzichtete er für sich auf Brötchen und Belag) und eine Tasse coffeinfreien Kaffees heruntergekippt. Dann schuf er in allen Zimmern Ordnung, obgleich es selten unordentlich in ihnen war, und stellte den Staubsauger bereit. In dem Augenblick, in dem Florentine, aufwachend, »Rüdiger!« rief – punkt sieben Uhr dreißig – setzte er den Staubsauger in Betrieb, bis sie so laut schrie, daß die Ausrede, sie nicht gehört zu haben, jeder Glaubwürdigkeit entbehrte.
»Wo steckst du denn?« Dies ihr Morgengruß, wenn er ins Schlafzimmer trat. »Ich habe entsetzliche Migräne! Wo bleibt denn der Kaffee?«
Rüdiger machte wortlos auf dem Fuße kehrt, holte das auf Klappbeinchen bereitstehende Frühstückstablett und befestigte es auf Florentines Bett so, daß die derart Bediente sich nur noch aufzusetzen und zuzugreifen brauchte.
Aber nein – »Bist du verrückt? Kaffee – bei meiner Migräne? Tee natürlich – du kapierst aber auch gar nichts!«

Rüdiger hörte nicht, was sie keifte. Er hatte eine bemerkenswerte Taktik entwickelt, sein Trommelfell von der Außenwelt abzuschirmen. In früheren Jahren, wenn Florentine ihn beschimpfte, hatte er zurückgeschimpft, sie aber war immer die lautere, wortreichere und ausdauerndere gewesen. Da hatte er seinen Protest so lange reduziert, bis er nicht mehr auf das achtzugeben vermochte, was sie an Sprüchen absonderte.

Ohrenärzte können bestätigen, daß es eine Art Schwerhörigkeit gibt, die man sich selbst anzueignen vermag: So lange weghören, bis man es nicht mehr schafft, hinzuhören. Rüdiger hatte sich zum Meister dieser Methode entwickelt, und folglich funktionierte ihre seltsame Ehe immer noch (aber was heißt das schon: funktionieren?)

War er ein »Waschlappen«, wie Onkel Gustav Möllemann behauptete? »Der größte Waschlappen von Hannover?« Ein Schwächling also?

Nun, ein Schwächling war Rüdiger eigentlich nicht. Er hätte durchaus mit der Faust auf den Tisch hauen können. Aber er wollte nicht. Er wunderte sich nur. Rüdiger hatte sich zu einem grundneugierigen Menschen entwickelt, den es geradezu sadistisch sachlich interessierte, zu sehen, wie weit Florentine ihre Schikanen noch treiben würde. Und um ganz ehrlich zu sein: Rüdiger brauchte auch das Geduckt- und Gedemütigtwerden. Er war kein Mann der Tat. Im Gegenteil: er genoß es fast, beschimpft zu werden.

Nein, es ist nicht zu verheimlichen: Rüdiger hatte den Hang zum Perversen. In seinem tiefsten Grunde sammelte er die Beleidigungen und Tätlichkeiten seines Weibes, er sortierte und stapelte sie gleichsam in einem großen Faß. Eines Tages jedoch – das wußte er, und das motivierte seine ungeheure Neugier auf Florentines weitere Entwicklung –, eines Tages würde dieses Faß überlaufen und eine Katastrophe das Ergebnis sein. Aber er war sich nicht sicher, ob er diese Katastrophe herbeiwünschen sollte oder nicht.
Hatte Rüdiger die ganze Wohnung abgesaugt, beeilte er sich, das Frühstück von Florentines Bett abzuräumen und in der Küche das Geschirr zu spülen und abzutrocknen. Eine Geschirrspülmaschine besaßen sie nicht. Wenn Rüdiger auf dieses Manko zu sprechen kam, wischte Florentine das Problem mit einem einzigen Satz vom Tisch: »Ich brauche keine Geschirrspülmaschine!«
Und damit hatte sie recht.
Wenn Florentine, gegen acht Uhr dreißig, vom Frühstücken müde, sich wieder zurücklehnte, um noch ein Stündchen zu schlafen, verließ Rüdiger aufatmend die Wohnung und begab sich in seine Firma. Natürlich war es nicht »seine« Firma, das Speditionsunternehmen Fröhlich & Fröhlich, in dem er einen Halbtagsjob als Buchhalter innehatte, aber er fühlte sich ihr auf eine Weise verbunden, die die gewohnte Norm eines Anstellungsverhältnisses weit überschritt. Fröhlich & Fröhlich war seine zweite Heimat

geworden, in der er lieber weilte als in der ersten, die ihm keine Freiheiten ließ, und wenn er sich am Telefon mit »Hier Starkmann bei Fröhlich & Fröhlich« meldete, dann hatte noch jeder Anrufer das Gefühl, mit dem vielleicht wichtigsten Repräsentanten der Firma verbunden zu sein und sich folglich um dessen Wohlwollen bemühen zu müssen.
»Hier Starkmann« – in den ersten Jahren ihrer Ehe hatte Florentine sich noch über seinen Namen lustig gemacht. »Ich bin mit Starkmann verheiratet, einem sehr starken Mann! Nehmt euch in acht!« hatte sie lauthals ihre Freundinnen gewarnt, wenn sie, von Rüdiger, einen halben Kopf kleiner als sie, begleitet, zu Verabredungen kam. Oder sie hatte ihm, zum Gaudium der Gesellschaft, ein dickes Telefonbuch in die Hand gedrückt. »Da! Zerreiß das mal, du Starkmann! Hans Albers hat es auch gemacht!«
Mit so billigen Mitteln hatte sie die Lacher natürlich immer auf ihrer Seite.
Abends, im Ehebett, hat er sich dann – jedenfalls in der ersten Zeit – revanchieren und ihr zeigen können, »was Sache ist«. Ja, im Bett stand er anfangs durchaus seinen Mann, und Florentine empfing beglückt, was ihr zugedacht war. Aber ständiges Nehmen macht unersättlich und anspruchsvoll. Immer häufiger verlangte Florentine den Nachweis seiner männlichen Kraft (»Starkmann, nun zeig mal, wie stark du bist!«), und ihre Phantasie ließ Rüdiger die Haare zu Berge steigen. Bald reichten seine akro-

batischen Fähigkeiten nicht mehr aus, ihre Ansprüche zu befriedigen. Immerhin wunderte sie sich selbst darüber – und sie sagte es ihm glattweg ins Gesicht –, daß sein »mieses Figürchen« sie zu solcher Hemmungslosigkeit herausfordern konnte. Eines Tages war plötzlich Schluß damit. Sein Interesse an ihr ließ nach – und nicht nur dieses. Der Strom der Zuneigung erlosch – und nicht nur dieser. Was übrig blieb, war der Schlagabtausch und schließlich die Beschimpfung, die einseitige.

Und nicht zu vergessen: das große Faß im Innern des Rüdiger Starkmann blieb übrig, in das tagtäglich die Demütigungen und Beleidigungen tropften, unaufhörlich, pausenlos . . .

Kam Rüdiger am Nachmittag nach Hause, empfing ihn Florentine mit neuen Vorwürfen.

»Rüdiger, hast du keine Augen im Kopf? Siehst du nicht, wie schmutzig die Vorhänge sind? Sofort abnehmen! Waschen! Aber gib acht, daß nichts einläuft! Für neue Vorhänge hast du ja doch kein Geld!«

Wenn sie dann, im Schaukelstuhl sitzend, zusah, wie ungeschickt er mit der Leiter hantierte, um die Vorhänge aus ihren komplizierten Haken und Ösen zu lösen, stieß sie einen abgrundtiefen Seufzer aus: »Starkmann, Starkmann, du bringst mich noch ins Grab!«

»Jawohl, Tinchen!« sagte er mechanisch und fiel von der Leiter, von Kopf bis Fuß in staubigen, dunkelroten und schweren Brokat eingewickelt.

»Rüdiger!«
Er sprang auf und stand stramm. »Ja, bitte?«
»Und morgen? Was ist mit morgen?«
Er zuckte die Achseln. »Was soll sein – morgen?«
»Himmelbombenkruzitürkendonnerwetter! Wo hast du deine Gedanken? Morgen kommen Bockmayers zum Römertopf!«
Rüdiger wurde blaß. »Bockmayers zum Römertopf – ja, richtig . . .«
»Warum erschrickst du? Magst du meine Freunde nicht mehr?«
»Aber ja doch, Tinchen! Es ist nur so . . .« Er lief in die Küche, kam mit dem Römertopf zurück, trug ihn mit beiden Händen, doch als er die Hände auseinandernahm, bestand auch der Römertopf plötzlich aus zwei Teilen. »Mir ist da nämlich ein Mißgeschick passiert . . .«
Florentine schüttelte unsagbar traurig ihr struppiges Haupt. »Starkmann, Starkmann, du bringst mich noch ins Grab!«
»Jawohl, Tinchen«, sagte er und lief in die Küche zurück. »Gleich morgen früh kaufe ich Klebstoff, es wird keiner was merken . . .«
Florentine versank in tiefes Nachdenken.
Was für ein Leben führte sie doch! An der Seite einer mittelmäßigen Kreatur, die sie nur deshalb noch nicht von sich hatte scheuchen können, weil dann ihre letzte Einnahmequelle versiegt wäre.
Zeiten gab es, lange her, da war sie selbst noch

berufstätig gewesen. Berufstätig ... na ja, sie hatte als Kellnerin gearbeitet. In einem niedersächsischen Bayernlokal, in dem sie sich besonderer Beliebtheit erfreute, weil es ihr nach eifrigem Training gelungen war, fast wie ein zünftiges Oktoberfest-Reserl zehn gefüllte Maßkrüge auf einmal durch die Luft zu schwenken. Natürlich – das hatte viel Kraft gekostet. Aber es hatte ihr lange Arme und breite Hände gemacht, Hände, die manchmal deutliche Spuren in Rüdigers Gesicht hinterließen – in einer Zeit, als die beiden für Turteltauben gehalten wurden.

In dem Augenblick aber, als Florentine Starkmann, geborene Möllemann, begriff, daß sie nicht nur im Besitz eines armen Schluckers von Ehemann war, sondern sich auch eines steinreichen Onkels erfreuen durfte, der keine Kinder hatte, in dem Augenblick verging ihr das Interesse an körperlicher Arbeit. Das lag etwa zehn Jahre zurück. Plötzlich begann sie, ihrem älteren Bruder Titus nachzueifern, der ein so herrliches Schmarotzerleben führte, trotzdem hochangesehen war und ihr, als sie ihn einmal besuchte, klargemacht hatte, welcher sonnigen verwandtschaftlichen Zukunft sie beide und noch ein paar Cousins entgegengingen. Der vielfache Millionär Gustav Möllemann ohne direkte Nachkommen auf der einen Seite, auf der anderen vier Neffen und eine Nichte in der berechtigten Hoffnung, einzige rechtmäßige Erben zu sein.

Damals hatte Florentine beschlossen, sich vorerst

mit dem zu begnügen, was Rüdiger allmonatlich abzuliefern hatte. Es mußte zum Leben reichen, solange Gustav Möllemann noch atmete. Als dieser jedoch nicht aufhören wollte zu existieren, hatte Titus Möllemann auf Florentines Vorschlag jenes Familientreffen in Baden-Baden organisiert, bei dem einstimmig der uns nun bestens bekannte Beschluß gefaßt wurde, dem alten Onkel mit der hübschen Babsie eine Zeitbombe besonderer Art ins Haus zu schicken.

Der Brief des Testamentsvollstreckers hatte ihr Freudentränen entlockt. Nachdem sie ihn zum drittenmal hintereinander gelesen und die Gewißheit hatte, sich nicht verlesen zu haben, beschloß sie, die Freudentränen in Zähren der Trauer umzuwandeln.

Der arme, arme Onkel! Daß er so früh schon das Zeitliche segnen mußte ... Bei seiner Konstitution hätte er hoffen dürfen, wenigstens neunzig Jahre alt zu werden! (Nicht auszudenken!) Und so einsam in seinem viel zu großen Schlößchen dahinzuscheiden ... Warum war er aber auch zeitlebens so arrogant gewesen und hatte sich nie auf Dauer für eine Frau entscheiden können? Nun gab es keine Kinder, die ihn beweinten ... (Was für ein Glück!)

Ja, sagte sich Florentine feierlich, wir dürfen die Mühe nicht scheuen, dem letzten Willen des teuren Entschlafenen nachzukommen, und werden uns zur Testamentseröffnung ins Trauerhaus begeben. Lasset die Reise nach Stuttgart kosten, was sie will – ich

werde sogar Rüdiger mitnehmen, damit niemand mir vorwerfen kann, ich hätte in dieser unserer schweren Stunde gar zu engherzig gehandelt und nur an den Mammon gedacht!
Als Rüdiger an diesem Tag nach Hause kam und das ernste, gefaßte Gesicht seiner Florentine sah, erschrak er bis ins Mark.
Was war geschehen? War sie ihm etwa hinter die Schliche gekommen? Hatte sie, was sie sonst niemals tat, die Abfalltüten zum Mülleimer gebracht und dabei die Zigarettenasche entdeckt? An zwei Abenden hintereinander hatte er in der Küche heimlich geraucht, in einer Aufwallung von Ingrimm und Trotz . . .
Doch nein – ein Stein fiel ihm vom Herzen: es war nur Onkel Gustav gestorben!
Onkel Gustav gestorben? Bedeutete das nicht etwas Umwälzendes, Revolutionäres in ihrem Leben?
Ja, richtig . . .
»Könnten wir uns jetzt nicht«, fragte er bescheiden, »eine Haushaltshilfe leisten?«
»Wie kommst du denn auf diese Schnapsidee?«
»Ich dachte nur – ich meinte – wenn du jetzt erbst, wird alles besser?«
Überrascht sah sie ihn an und schien nachzudenken. »Da hast du recht, Rüdiger, es wird sich einiges ändern . . . Also, o. k., du darfst deinen Halbtagsjob aufgeben!«
Damit hatte er allerdings nicht gerechnet. »Ja?«

fragte er vorsichtig. »Warum denn, Tinchen?« Wollte sie ihm den letzten »Freiraum« nehmen? »Weil du dich dann den ganzen Tag um den Haushalt kümmern kannst, Rüdiger!«

Die »gleichen ungleichen« Zwillinge

Diejenigen, die die Nachricht vom Tod ihres Erbonkels Gustav Möllemann als letzte erhielten, waren die Brüder Otto und Emilio, auch die »gleichen ungleichen« Zwillinge genannt. Sie früher zu informieren, hatte sich als unmöglich erwiesen, weil sich Otto, der Abenteurer, wieder einmal irgendwo im dunkelsten Afrika herumtrieb, und Emilio, der Erpresser, sich aus Sicherheitsgründen für ein paar Wochen in den sizilianischen Maquis zurückgezogen hatte, dorthin, wo er am unzugänglichsten ist.

Otto und Emilio Möllemann haßten sich seit ihrer frühesten Kindheit. Natürlich hatten ihre Eltern daran schuld. Als ihr Vater aus jahrelanger Kriegsgefangenschaft zurückkehrte und von seiner Frau mit dem fürchterlichen Bubenpaar überrascht wurde, von dessen Existenz er keine Ahnung hatte, wollte er sofort weiterwandern. Wütend bestritt er die Vaterschaft, seine Frau aber schwor Stein und Bein, von niemand anderem als ihm die beiden Knäblein empfangen zu haben. Als das Ehepaar einen Rechtsanwalt um Rat bat, lachte dieser sie aus. Er sagte, zwischen den Zwillingen und dem Mann, der nicht ihr Vater sein wollte, bestehe eine so lächerliche Ähnlichkeit – ja, er verstieg sich zu diesem beleidigenden Attribut! –, daß es völlig sinnlos sei, sich auf den Klageweg zu begeben. Als er kopfschüttelnd die Mutter fragte, wie dies denn möglich gewesen sei, da doch ihr Gatte jahrelang getrennt von ihr gelebt habe und so weiter . . . gestand sie errötend, bei jeder Gelegenheit, Tag und Nacht, nur an ihn gedacht und immer sein Bild vor Augen gehabt zu haben. Dem Rechtsanwalt verschlug diese Antwort die Sprache. Dem Gatten auch, weil er einem so entwaffnenden Argument im Augenblick nichts Gleichwertiges entgegenzusetzen hatte. Er verzichtete auf die Klage und fand sich mit seinem Schicksal ab.

Die Zwillinge aber, fünfjährig und nicht auf den Kopf gefallen, waren hellhörig geworden. Vor allem Otto, den seit seiner Geburt ein unheilbares Mißtrauen begleitete. Wie bitte, fragte er sich mit kindlichem Lispeln, lächerlich ähnlich soll ich meinem sogenannten Vater sehen, diesem unattraktiven Heimkehrer mit seinen Raffzähnen und Glubschaugen und hängenden Ohren und sentimentalen Augen?

Zum erstenmal in seinem jungen Leben griff Otto zu einem Spiegel, um sich bewußt zu betrachten – und fand das wiehernde Gelächter des Rechtsanwalts berechtigt. Ja, das kleine Ottochen hatte dieselbe Visage wie jener Mann, zwar war alles noch

viel jünger und kleiner und unausgeprägter, aber bereits unverkennbar im Grundentwurf vorhanden.
Nach dieser schrecklichen Erkenntnis traf den Jungen sofort ein zweiter Schock. Hatte er nicht einen gleichaltrigen Bruder, der, da in derselben Stunde geboren, sein Zwilling genannt wurde und ihm ähnlich sein sollte wie ein Ei dem andern? Natürlich, der hier im Spiegel ihn anstarrte, war nicht nur Ottos Ebenbild, sondern zugleich das des anderen, das Porträt von Emil, dem Ei, dem Zwilling, dem lächerlich ähnlichen.
Das erste, was Otto unternahm, war, ins Kinderzimmer zu stürmen und Emil zu verprügeln. »Das hast du davon, mir ähnlich zu sehen, du doofes Schwein!«
Emil rannte schreiend zu seinen Eltern, die gerade dabei waren, im Bett sich zärtlich zu versöhnen. Emils Gezeter erwies sich für ihr Vorhaben als unvorteilhaft. Folglich bezog der Knabe eine zweite Tracht Prügel, die ihn dazu veranlaßte, ins Kinderzimmer zurückzurasen, um nunmehr in sinnloser Wut auf Otto einzuschlagen, der sich vor dem Unhold nur dadurch zu retten vermochte, daß er ihm eine Gabel tief in die Wade stieß, aus der das Blut spritzte und sich an der Tapete verteilte.
Trotzdem zog der Vater der Zwillinge sein Versprechen, bei der Mutter der Zwillinge zu bleiben, nicht mehr zurück. Vielleicht spürte er, daß er nur

noch zwei Jahre zu leben hatte; eine ältere Kriegsverletzung ließ weder mit sich spaßen noch mit sich reden.

Für die Eltern wurde dieser Abend zum Ende des Hasses. Für die Kinder zum Anfang eines Hasses ohne Ende.

»Die Zwillinge kommen!« Das war in den nächsten Jahren ein Schreckensruf, der die Nachbarn veranlaßte, fluchtartig ihre Gärten zu verlassen, in die Häuser zu eilen und ihre Fenster zu schließen. »Die Zwillinge kommen« – das bedeutete, daß Otto und Emil, wieder einmal Amok laufend, bei dem Versuch, sich gegenseitig umzubringen, auf ihre Umgebung keine Rücksicht nahmen. Vorerst gelang weder dem einen noch dem anderen die löbliche Absicht, aber die Blessuren, die sie einander zufügten, waren bald nicht mehr zu übersehen.

Wenn sich Otto später in der Fremdenlegion damit brüstete, im Zweikampf mit einem bärenstarken Hottentotten ein Auge verloren zu haben (worauf er den Gegner angeblich mit einem einzigen Handkantenschlag ins Jenseits befördert hatte), weshalb er seitdem eine Augenklappe tragen müßte – dann war das gelogen. Das Auge hatte ihm Emil mit einer Fahrradpumpe ausgeschlagen.

»Die ungleichen Zwillinge« – so nannte man die beiden in ihrer Heimatstadt, weil sie außer ihrer lächerlichen Ähnlichkeit nichts, aber auch gar nichts Zwillingstypisches an sich hatten, keine charakterliche oder psychische Übereinstimmung. Es sei denn, man wollte die ihnen beiden eigene Lust an der Zerstörung, ihren Sadismus und ihre Rachsucht als eineiiges Charakteristikum definieren. Insofern waren sie »gleiche« Zwillinge. Daß sie aber die ihnen innewohnenden Gemeinsamkeiten fast ausschließlich gegen sich selbst anwandten, machte sie in den Augen ihrer Umwelt zu einem »ungleichen« Brüderpaar. Otto und Emil waren also »gleiche ungleiche« Zwillinge.

Nach dem Tod ihres Mannes sah sich die Mutter außerstande, die blutrünstigen Ungeheuer, die sie in die Welt gesetzt hatte, zu bändigen oder gar zu erziehen. Sie blieben weitgehend sich selbst überlassen, bis die Behörden eingriffen. In einem strengen Kinderheim verloren die Zwillinge folgerichtig die letzten Spuren jener Haltung, die man bürgerliche Disziplin zu nennen pflegt, und drangsalierten ihre Lehrer und Erzieher so lange, bis diese aufatmend die Nachricht empfingen, die Möllemann-Brothers seien über Nacht entwichen. Nachforschungen wurden nur pro forma angestellt, halben, wenn nicht viertel Herzens, weil sich jedermann bekreuzigte bei dem Gedanken, es könnte gelingen, die beiden zurückzubringen.

Übrigens konnte von gemeinsamer Flucht nicht die Rede sein. Otto war als erster über den Zaun geklettert. Emil hatte ihn dabei beobachtet und war ihm eine Stunde später gefolgt. Dann hatte jeder eine

andere Richtung eingeschlagen. Sie hatten ein für alle Mal und endgültig die Nasen voll voneinander. Die »gleichen ungleichen« Zwillinge hatten endlich ihr Ziel erreicht: sich nicht mehr wegen ihrer lächerlichen Ähnlichkeit voreinander (und vor anderen) schämen zu müssen. Jeder war jetzt mit sich allein – und das genügte ihm.
Sparen wir uns die Schilderung ihrer weiteren Erlebnisse. Dem Leser wird Ausführlichkeit in diesem Fall keinen Gewinn bringen. Notieren wir lediglich, daß Otto nach mancherlei Irrfahrten, die ihn zuweilen zwangen, seinen Namen zu wechseln, in der Légion Étrangère landete, der berüchtigten Fremdenlegion der Franzosen. Diese aus politischen Flüchtlingen, Deserteuren und Abenteurern aus der ganzen Welt zusammengestellte Truppe, früher hauptsächlich zum Schutz des französischen Kolonialbesitzes eingesetzt, erwies sich als die geeignete Heimat für einen blutjungen Schläger vom Typ des Otto Möllemann. Hier erhielt er den »Schliff« und sogar jene Disziplin, der er sich zu Hause freiwillig nicht hatte beugen wollen. Bald machte er trotz seiner Einäugigkeit in der Legion Karriere. Während des Krieges in Vietnam entwickelte er sich zu einem tapferen, das heißt besonders rücksichtslosen und schießfreudigen Soldaten. Wunderbarerweise gelang es ihm, diesen schlimmen Krieg nicht nur lebend, sondern sogar unverwundet zu überstehen.
Später wurde die Legion auf die Insel Korsika ver-

legt, weil das Kolonialreich des Mutterlandes – wie fast alle außereuropäischen Besitzungen der westlichen Länder – sich auflöste und wieder den Ureinwohnern zur Verfügung stand. Das bedeutete eine lange Ruhezeit, zu lange für einen unruhigen Geist wie Otto Möllemann. Das Kasernenleben begann ihm zu »stinken«, nach Ablauf seiner Dienstzeit verzichtete er darauf, sich länger zu verpflichten, wurde abgefunden, kehrte aber nicht nach Deutschland zurück, sondern schloß sich einem jener undurchsichtigen Clubs an, die fortan überall dort, wo revolutionäre Regime »vaterlandslose« Gesellen für die Durchsetzung ihrer Machtgelüste benötigten, sehr begehrt und umworben waren. Geld spielte bei diesen Regierungen oder Oppositionen keine Rolle, deshalb pflegte die Entlöhnung dieser Söldner geradezu fürstlich auszufallen.

Und Emil? Emil hatte sich nach Italien abgesetzt. Er schwärmte schon immer für südliche Landschaften. Er war bis Neapel gelangt, wo er sich in den Armenvierteln herumtrieb, ein gelehriger Schüler unter jugendlichen Meisterdieben, die ihn als Ausländer nicht für voll nahmen, aber stillschweigend in ihren Reihen duldeten, weil »der Deutsche« harte Muskeln hatte und folglich eine Art, sich sprachlos auszudrücken, die blaue Flecken und blutunterlaufene Augen zu hinterlassen pflegte.

Ehe er es sich versah, war Emil erwachsen, sprach fließend italienisch, nannte sich Emilio und wurde von der neapolitanischen Unterwelt als gleichberechtigt akzeptiert. Gerade war er im Begriff, sich eine beachtliche Existenz aufzubauen, als er jemanden traf, der ihm von Sizilien vorschwärmte. Weniger von der kulturellen Tradition und landschaftlichen Schönheit der Insel, das interessierte Emilio nicht, als von der prachtvollen, dort herrschenden Mafia, jenen Geheimbünden, die nicht nur die jeweilige Regierung bekämpften, sondern auch sich gegenseitig, immer bemüht, Einfluß zu erobern und Machtpositionen an sich zu bringen.

Emilios Mafia hatte gerade eine Pechsträhne hinter sich. So etwas kommt vor. Jeder Angehörige freier Berufe weiß ein Lied davon zu singen. Da klappt plötzlich monatelang rein gar nichts. Emilios Opfer in den Großstädten hatten in dieser verregneten Saison schlechte Geschäfte gemacht. Also mußte man Rücksicht auf sie nehmen, es lohnte sich diesmal nicht, sie auszubeuten. Reiche Touristen waren heuer ebenfalls ausgeblieben, die Spitzel in den Hotels vermochten Brillantencolliers weder an den faltigen Hälsen der Damen noch in ihrem Gepäck auszumachen, und was aus der Bundesrepublik Deutschland nach Sizilien kam, bediente sich eines zweitklassigen Massentouristikunternehmens und wohnte in billigen Herbergen.

In dieser Zwangslage, von seinem unwilligen Gefolge und dessen hungrigen Familien bedrängt, beschloß Emilio, ziemlich abgerissen aus dem

Maquis heimgekehrt, nachdem die Polizei ihre Razzien eingestellt hatte, seine alten Freunde, die Gastwirte, wieder einmal mit seinem Besuch zu beehren. Das spielte sich etwa so ab.

Schnellen Schritts durchquerte Emilio die Taverne, erspähte den Wirt, der gerade in der Küche verschwinden wollte, war mit einem Sprung hinter ihm, packte ihn am Kragen und sagte lächelnd: »Hallo, Giovanni, wie geht's?«

Der Wirt brauchte sich nicht umzudrehen, er wußte, wem diese Stimme gehörte. Er setzte ein gequält freundliches Gesicht auf und rief: »Hallo, Emilio, lange nicht gesehen ...«

Emilio drehte ihn zu sich herum und funkelte ihn an. »Ich bin wieder da, Giovanni. Sagt dir das nichts?«

Giovanni verlor seinen freundlichen Gesichtsausdruck. »Emilio, bitte, denke an meine Familie – an meine vielen Kinder, ach, die Anna hat mir schon wieder eins geschenkt – willst du es sehen, Emilio? Ein so hübscher Bambino ...«

»Willst du dich über mich lustig machen? Heraus mit dem Geld!«

»Emilio, bitte ...« Wenn ihn die Hand nicht am Genick festgehalten hätte, wäre Giovanni jetzt vor Emilio auf die Knie gesunken. »Emilio, ich bin doch dein Freund! Du mußt mir glauben, daß die Geschäfte in diesem Jahr miserabel – was sage ich, ein totaler Ausfall –«

Da schleuderte Emilio den Winselnden empört von

sich, so daß er in einem Obstkorb landete. »Was höre ich, du armseliger Wicht? Du unterstellst mir, ich wollte dich bestehlen –?«
»Nein, nein, ich meine –«
»Nichts meinst du! Weißt du nicht, daß wir nur dein Bestes wollen?«
»Ja, eben – mein Geld!«
»Dummkopf! Wir wollen verhindern, daß dich die Mafia der Gelben Berge ausplündert und in die Luft jagt! Das hat sie nämlich mit dir vor! Und deshalb sind wir gekommen, um dich und deine Familie zu beschützen! Du wirst verstehen, daß uns dies Unkosten bereitet, für die du aufkommen mußt. Oder willst du eines elenden Todes sterben?«
Nein, das wollte Giovanni natürlich nicht.
»Nun, so wirst du uns denn am Ersten jeden Monats zehntausend Lire abliefern –«
»Zehntausend? Mamma mia, woher nehmen?«
»Jammere nicht, bedanke dich bei uns, den Rächern der Betrogenen und Freunden der Armen!«
Sprach's, verschränkte die Arme und verließ das Lokal. Draußen nahm ihn seine Leibwache, zwei junge Burschen mit grimmigen Gesichtern, in Empfang.
Als sie ihr klappriges Auto besteigen wollten, stand plötzlich ein Briefträger neben Emilio.
»He, sind Sie nicht der Deutsche?«
Emilio fuhr herum, griff zur Pistole. »Was willst du von mir?«

»Wie ist denn Ihr Name?«
»Was geht dich das an, du Lump?«
»Na, bitte, wenn Sie nicht wollen... Ich glaube nämlich, im Postamt liegt schon seit langem ein Brief für Sie. Aus Deutschland. Aber von mir aus...« Der Bote bestieg sein Rad, wollte abfahren, wurde durch den eisernen Zugriff des Mafioso daran gehindert.
»Bring mich sofort zur Post!« befahl Emilio. Das Auto verfolgte den Radfahrer.
Dann hielt Emilio jenen Brief in der Hand, über dem vor ihm bereits diverse Vettern und eine Cousine fast den Verstand verloren hatten.
Emilio schlug sich an die Stirn. Wie dumm war er doch! Hatte er nicht erst vor acht Wochen, so zahm und zivilisiert wie nur möglich, verkleidet wie ein normaler Bürger, im Kreis der anderen Erbberechtigten an der Konferenz in Baden-Baden teilgenommen? Hatte er nicht, wenn er sich recht erinnerte, einer ominösen Aktion zugestimmt, mit der der alte Herr unter Beteiligung einer Person weiblichen Geschlechts »beeinflußt« werden sollte? Da Emilio aber, von Natur aus Fatalist, an einen Erfolg des Unternehmens nicht glauben wollte, hatte er sich die ganze Geschichte längst aus dem Kopf geschlagen, einfach verdrängt in Anbetracht der prekären Situation, in der sich sein Clan zur Zeit befand.
Er überlegte nicht lange. Dann ließ er sich von seiner Leibwache zum Flughafen Palermo fahren, befahl den beiden Burschen, dem Mafia-Vorstand zu mel-

den, daß er unterwegs sei, um eine ganz große Sache auszubaldowern, stahl einem Amerikaner die dicke Brieftasche aus dem Jackett, kaufte sich ein Ticket nach Alemania und flog hurtig von dannen.

Otto Möllemann, der einäugige Söldner, nahm im afrikanischen Busch an einer »Säuberungsaktion« teil. Er stand derzeit im Dienst eines schwarzen Potentaten, der bemüht war, sich vom Häuptling eines bedeutenden Stammes zum Kaiser einer ganzen Region hinaufzuentwickeln. Leider versuchte ein anderer bedeutender Stamm, ihn daran zu hindern. Da der Häuptling aus eigener Kraft mit der Konkurrenz nicht fertig wurde, hatte er eine Schar weißer Abenteurer unter Ottos Führung zur Hilfe gerufen, die, gut bewaffnet und mit modernem – wie nannte man es in der westlichen Welt? – ja, mit modernem militärischen »Know-how« ausgestattet, über einschlägige Erfahrungen in der Ausrottung zarter demokratischer Regungen verfügten.
Manche Leute sagten: Wo Otto und seine Kumpane hintreten, wächst kein Gras mehr. Eine Behauptung, die in der Sandwüste allerdings schwer zu widerlegen war.
»Know-how« – zu deutsch: gewußt wie. Otto wußte, wie man in unterentwickelten Ländern mit Opponenten umzuspringen hatte: indem man kurzen Prozeß mit ihnen machte. Zwar ging der Anblick so

vieler aus dem Weg geräumter Gegner zuweilen an die Nerven, dafür aber gab es ja Whisky in ausreichenden Mengen. Whisky schärfte dem Schützen den Blick, wenn sein Finger am Abzug lag, und vernebelte den Blick nach erfolgtem Abschuß. Nur so ließ sich das lustige Söldnerleben ertragen.

Mitten in dieser »Säuberungsaktion«, bei der es darum ging, ein Dorf von einem Teil seiner Hütten und anschließend den Erdboden vom Rest des Dorfes zu säubern, was sich noch immer durch Abbrennen am korrektesten bewerkstelligen ließ, wurde Otto plötzlich ans Feldtelefon gerufen.

In der Annahme, er werde von seiner vorgesetzten und deshalb weit vom Schuß befindlichen Dienststelle wieder einmal überflüssigerweise aufgefordert, keinerlei Milde walten zu lassen, griff Otto, die Zigarette im Mundwinkel, zum Hörer: »J'écoute!«

»He, Otto!« Sein Freund Werner aus Heilbronn, Verbindungsoffizier beim Stab, war am Apparat. »Hier liegt ein Telegramm für dich vor. Dein Onkel Gustav ist gestorben. Interessiert es dich?«

»Onkel Gustav? Und deshalb holst du mich von der Arbeit weg?«

»Ich dachte, weil er doch tot ist...«

»Na und? Glaubst du, hier liegen keine Leichen rum? Oder willst du dir etwa einen Jux –«

Plötzlich fiel Otto die Zigarette aus dem Mund. »Onkel Gustav, sagst du? Etwa aus Stuttgart?«

»Keine Ahnung. Hier steht nur: Gustav Möllemann, vierundachtzig.«
»Das ist er! Mann, Werner, der Krieg ist für mich aus! Verstehst du? Ich kündige!«
»Bist du verrückt? Willst du etwa desertieren? Denk an deinen Vertrag!«
Aber Otto dachte an keinen Vertrag mehr. Er ließ den Hörer fallen, schoß das Magazin seiner Maschinenpistole leer, warf die letzten Handgranaten in die brennenden Hütten und erteilte seinen Leuten den Befehl zum Sturmangriff.
Er selbst lief nicht mit. Er bestieg seinen Jeep, verließ die Front in Richtung Etappe und ward auf Afrikas Boden nicht mehr gesehen.

Tote können nicht mehr erben

Sie saßen in einer Reihe nebeneinander, brav wie Musterschüler.

Titus, keuchend und schnaufend, als fiele es ihm nicht leicht, nun schon seit einer Stunde ohne die geringste Nahrungsaufnahme auszukommen. Neben ihm Florentine, seine Schwester, die ihm, je älter sie wurde, in Statur, Gesichtsschnitt und Appetitzuwachs desto mehr glich. In der Mitte Albert, nervös die Handflächen aneinanderreibend, in einem Anzug, dem man ansah, daß er nicht dem neuesten Modekatalog entstammte. Und dann die Zwilllinge Emilio und Otto, beide irritierend militant gekleidet und sich auch insofern ähnelnd. Sie hatten ihre Stühle so gestellt, daß sie sich nicht in die Augen blicken konnten. Schon beim Betreten der Villa hatten sie geflissentlich aneinander vorbeigesehen, und erst, als der Notar sich ihnen vorstellte, einen Händedruck austauschen müssen, es war unvermeidbar.

Florentine hatte sich, kopfschüttelnd, die Frage nicht

verkneifen können: »Seid ihr denn immer noch spinnefeind?«

»Wir? I woher denn?« hatte Otto gemurmelt und sich dann ans Fenster gestellt, um den gepflegten Park zu bewundern. Und Emilio hatte sich so eingehend mit der Bibliothek des Verstorbenen beschäftigt, daß man auf den Gedanken hätte kommen können, er habe sich inzwischen zu einem Literaturkenner gemausert.

»Noch immer spinnefeind, noch immer!« hatte Rüdiger eifrig seiner Frau zugeflüstert.

»Du hältst dich da raus!« gab sie ihm zurück, worauf er sich an der Wand auf einen Stuhl setzte und das weitere Geschehen aus dem Hintergrund verfolgte.

Albert hielt verstohlen nach Babsie Ausschau. Vergebens. Er hatte sich auch beim Gärtner nach ihr erkundigt, der aber starrte ihn so verständnislos an, als sei ihm die Frage auf Russisch gestellt worden.

Babsie schien sich in Luft aufgelöst zu haben.

Jetzt nahm Dr. Praetorius, Notar und Testamentsvollstrecker, hinter dem breiten Schreibtisch Gustav Möllemanns Platz und räusperte sich dezent.

Die Spannung unter den Versammelten erreichte einen ersten Höhepunkt. Es herrschte Totenstille.

Der Notar erhob sich.

»Meine Damen und Herren, ich habe die Ehre, Sie namens und im Auftrag des leider verstorbenen

Herrn Direktors Gustav Möllemann in seinem Hause zu begrüßen. Zugleich darf ich meiner Freude darüber Ausdruck verleihen, daß alle von mir eingeladenen Erbberechtigten persönlich erschienen sind, was in einigen Fällen gewiß nicht einfach gewesen sein mag –«

»Kann man wohl sagen«, knurrte Otto.

»Wie bitte?« fragte der Notar.

»Ich habe nur Ihre Ansicht bestätigt, daß es nicht einfach gewesen sein mag – für mich jedenfalls!«

Emilios Blicke verdüsterten sich. »Für mich etwa nicht?«

»Hab ich ja nicht behauptet!« rief Otto.

»Das klang aber so!« begehrte Emilio auf. »Ich möchte Sie jedenfalls dringend ersuchen, Herr Rechtsanwalt –«

»Aber, meine Herren, ich verstehe Ihre Aufregung nicht. Gewiß war die Reise für Sie beide mit großen Opfern verbunden, aber –«

»Das war sie schließlich für uns alle – war sie das schließlich«, erregte sich Titus.

Erstaunt blickte Albert ihn an. »Also, was mich betrifft, ich bin gern gekommen . . .«

»Ja, Kunststück!« keifte nun Florentine los. »Schließlich bist du am meisten drauf angewiesen!«

»Worauf?«

»Ach, tu doch nicht so scheinheilig! Als wüßte nicht jeder –«

»Aber, meine Dame, meine Herren, ich muß doch

sehr bitten, die Würde dieses Augenblicks, in dem der letzte Wille des Verstorbenen –«

»Sehr richtig, Herr Notar!« rief Otto. »Ich möchte nun mal endlich wissen, woran ich bin!«

»Ich auch!« echote Florentine.

»Dann halte den Mund!« rief ein dünnes Stimmchen aus dem Hintergrund. Erstaunt drehte sich alles um. Aber Rüdiger betrachtete sich so angelegentlich seine Fingernägel, als wüßte er gar nicht, wo er sich überhaupt befand.

Die plötzliche Stille benutzte Dr. Praetorius, um wieder das Wort zu ergreifen.

»Ich freue mich aufrichtig, daß Sie da sind, und ich stelle fest, daß damit der erste Punkt des letzten Willens des verstorbenen Herrn Direktor Gustav Möllemann erledigt ist.«

Das ungeduldige Stöhnen Emilios nahm der Notar nicht zu Kenntnis.

»Es bleibt mir nunmehr die traurige Pflicht, Ihnen den Wortlaut des letzten Willens –«

»– des verstorbenen Herrn Direktors...« echote Otto.

»– zur Kenntnis zu geben«, vollendete der Notar, ohne sich aus dem Konzept bringen zu lassen. »Sind die hier Versammelten damit einverstanden, daß ich gleich zur Sache komme?«

Ein fünfstimmiges »Ja« dröhnte ihm entgegen, dem nur noch ein Schnaufer von Titus folgte: »Gleich zur Sache kommen – ja, gleich zur Sache!«

»Verlesen Sie endlich!« stöhnte Florentine.
»Verlesen? Tja«, meinte Dr. Praetorius mit feinem Lächeln. »Der teure Verstorbene hat sich nämlich etwas Besonderes für Sie ausgedacht ...«
Er drückte auf einen Knopf am Schreibtisch. Die Bücherwand hinter ihm öffnete sich. Eine Videoanlage wurde sichtbar.
»Ich darf Ihnen jetzt also den letzten Willen des Verstorbenen zu Gehör – und vor Augen bringen! Herr Möllemann wird selbst zu Ihnen sprechen!«
Der Notar hielt, für jedermann sichtbar, eine Videokassette hoch und schob sie in den Recorder.
Erstaunt blickten sich die Erben an. Noch nach seinem Tod war der alte Herr für jede Überraschung gut.
Über den Bildschirm flimmerte der übliche Schnittsalat, dann war Onkel Gustav zu erkennen. Er saß aufrecht, in einen Morgenmantel gehüllt, im Sessel und starrte die Anwesenden an. Man hörte ihn fragen: »Fertig? Bin ich im Bild?« Und eine Stimme antwortete ihm: »Alles fertig, Sie können anfangen.«
Er lehnte sich mit einem Schmunzeln lässig zurück und begann: »Meine lieben Hinterbliebenen. Ich danke euch für alle die Jubelrufe, die ihr nach der Nachricht von meinem Hinscheiden ausgestoßen haben werdet, weil ihr wußtet, daß mir glückliche Gesichter immer lieber waren als traurige –«
Verblüfft starrten die Erben in die Röhre und wagten sich nicht zu rühren.

»– und ich möchte euch sagen, wie sehr auch ich mich freue, euch in Zukunft nicht mehr sehen zu müssen.«
»Ist das live?« flüsterte Florentine verstört.
»Quatsch«, antwortete Titus. »Er ist doch tot – ist er doch!«
»Ich glaube, von mir sagen zu können«, fuhr der Alte fort, »daß ich ein erfülltes Leben hatte. Die Möllemann-Bank ist heute die erfolgreichste Privatbank der Bundesrepublik. Ihr wißt ja, wie alles anfing. Ich war noch keine zehn Jahre alt, da glaubten meine Eltern, in mir eine gewisse finanztechnische Begabung zu erkennen, und darauf beschlossen sie –«
Ein Stöhnen pflanzte sich durch die Stuhlreihen fort.
»– aber ich glaube, ich spare mir die Worte. Ich höre schon, das langweilt euch nur–«
»So ist es!« rief Otto.
»Ihr seid ja nur an meinem Geld interessiert . . .«
Emilio nickte heftig. »Ist das ein Wunder?«
»Nicht nur«, stöhnte Titus, »auch an seinem Weinkeller, der ist ja berühmt – ist er ja!«
Der Notar drückte auf den Knopf. Das Bild verschwand. »Ich würde vorschlagen, meine Herrschaften, den Entschlafenen zu Ende sprechen zu lassen. Oder interessiert es Sie nicht?«
»Aber gewiß!« rief Albert. »Los, weiter!«
»Ich habe eure liebenswürdigen Einwände zur Kenntnis genommen«, fuhr Gustav fort, als die Kassette wieder lief, »kann aber leider nicht glauben,

daß ihr gar keinen Wert darauf legt, mich zu beerben. Nichtsdestotrotz möchte ich euch bei dieser Gelegenheit sagen, was ich im einzelnen von euch halte. Da wäre zunächst –«

»Vorsicht, alter Junge!« rief Otto warnend. »Keine Injurien, bitte!«

»– Titus. Ihn möchte ich geradezu als genial bezeichnen ...«

Geschmeichelt beugte sich Titus vor.

»Oder ist es etwa nicht genial, aus dem Umstand, nirgendwo sein Essen bezahlen zu müssen, einen Beruf zu machen? Gibt es einen größeren Schmarotzer als ihn?«

Das reichte Titus. Mit beleidigtem Gesicht lehnte er sich wieder zurück.

»Ich weiß, was du jetzt denkst, lieber Titus. Mit einem, dessen Lieblingsgericht Königsberger Klopse waren, stellst du dich nicht auf eine Stufe.«

»So ist es!« rief Titus.

»Ja, hätte ich aber in meiner Jugend, als ich noch mit jedem Pfennig rechnen mußte, statt Königsberger Klopse nur Fasan und Kaviar verzehrt, wäre ich nicht so weit gekommen!«

»Banause!« knurrte Titus.

»Und nun zu dir, Albert!«

»Hier!« rief der Genannte.

»Wo, Albert, sind deine bahnbrechenden Erfindungen geblieben, mit denen du dein ganzes Leben lang geprahlt hast?«

»Mir fehlte immer –«
»Dir fehlte immer das Geld, sie auszuwerten, wirst du jetzt sagen. Das sagen alle gescheiterten Erfinder. Aber es hat noch keiner eine wirklich brauchbare Erfindung gemacht, die nicht ihren Mäzen und Förderer gefunden hätte. Du bist ein Spinner, Albert, der größte Spinner von Düsseldorf!«
Erregt sprang Albert auf. »Onkel Gustav, du wirst bald sehen, daß ich kein –«
Florentine zog ihn auf seinen Stuhl zurück. »Nichts wird er sehen, Albert. Er ist tot!«
»Vielleicht weiß er es nicht?«
Nach kurzem Blick auf seinen Notizzettel sprach Gustav Möllemann wieder zu den Anwesenden. »Hallo, Florentine!«
»Ja, bitte?« rief sie und zeigte sich dann selbst den Vogel. Ließ sie sich tatsächlich ins Bockshorn jagen!
»Du, Florentine, warst zu Höherem geboren, weiß Gott! Du hättest im Zugspitz-Restaurant Kellnerin werden können! Aber nein, du bliebst in Hannover an der Leine ... Mußtest unbedingt den größten Casanova von Niedersachsen heiraten, einen geborenen Staubsauger ...«
Florentine drehte sich um. »Siehst du, Rüdiger?«
Rüdiger zuckte hilflos mit den Achseln.
»Neffe Emil!«
Emilio sprang erwartungsvoll auf.
»Vor fünfundzwanzig Jahren hast du in Sizilien

damit angefangen, kleine Ladenbesitzer zu erpressen. Und was tust du jetzt?«

»Ich erpresse kleine Ladenbesitzer, Onkel Gustav! Aber nur in Notzeiten! In der Hochsaison haben wir ganz andere –«

»Ruhe!« rief Albert. »Er spricht weiter!«

»Aber warum soll ich dir daraus einen Vorwurf machen?« fuhr der Onkel fort. »Ist es doch dasselbe, was dein Vetter Titus in Baden-Baden mit den Gastwirten macht und zwar ganz offiziell . . .«

»Unerhört!« rief Titus.

»Tja – und unser Otto? In Afrika bist du Staatsfeind Nummer eins, habe ich gehört. Alle Achtung, gute Leistung!«

»Das kann man wohl sagen!« Stolz sah Otto sich um.

»Ich glaube, du bist das mieseste Subjekt in der ganzen Verwandtschaft . . .«

Otto sprang auf, zog seine Pistole. »Aufhören!« schrie er. »Sonst stopf' ich dem Kerl das Maul!«

Der Notar stellte das Gerät ab und blickte den Grobian vorwurfsvoll an. »Ich würde empfehlen, wieder zuzuhören. Jetzt kommt die Hauptsache!« Er schaltete wieder ein, Onkel Gustav sprach weiter.

»So, und nun zum Grund eures Hierseins. Bei der Aufteilung meines Vermögens habe ich es mir nicht leichtgemacht. Der Gerechtigkeit halber mußte jeder von euch gleichermaßen bedacht werden . . .«

»Ist ja klar – ist ja das!« rief Titus nervös.

»Ich hätte euch meinen Beschluß auch schriftlich

mitteilen können, aber ich wollte euch alle vor mir haben, um zu sehen, wie ihr die Entscheidung aufnehmt.«
»Ist das etwa doch live?« schrie Florentine, am Ende ihrer Beherrschung.
»Nun denn, nehmt bitte zur Kenntnis: Ihr alle bekommt zu gleichen Teilen – gar nichts!«
Der Alte schwieg, immer noch lächelnd.
Die Zuhörer saßen wie versteinert. Sie schienen nicht zu begreifen, was Onkel Gustav gesagt hatte. Und Onkel Gustav schien zu wissen, daß sie jetzt still waren.
»Habt ihr also kapiert? Ihr seid alle enterbt!«
Jetzt kam Leben in die fünf. Titus schnaufte so laut, als stehe ihm ein Herzinfarkt bevor. Florentine schrie dreimal hintereinander »Nein!« Albert fing wie irre an zu lachen, während Emilio einen grauenhaften italienischen Fluch ausstieß, es ist unmöglich, ihn hier wiederzugeben.
Nur Otto blieb ruhig. Er zog erneut die Pistole und zielte auf den Recorder: »Das zahl ich ihm heim!«
»Bitte um Ruhe!« rief der Notar. »Es geht noch weiter!«
Und Gustav Möllemann sprach: »Ich vermache mein gesamtes Vermögen, das sind etwa dreißig Millionen Mark, einem Neffen dritten Grades namens Dieter Blümel. Dieter Blümel habe ich an den äußersten Ästen meines Stammbaums aufgetrieben. Über ihn konnte ich nur Bestes in Erfahrung bringen. Das

Allerbeste: er ist der einzige der ganzen Sippe, der mich niemals angepumpt hat. Wer von euch kann sich des gleichen Verdienstes rühmen?«
»Das reicht!« rief Otto. »Ich bring ihn zum Schweigen!« Er schoß – klirrend sprang das Videogerät auseinander. Alle schrien durcheinander.
»Das nützt Ihnen gar nichts!« sagte der Notar kalt. »Das Testament liegt auch schriftlich vor. Soll ich es zu Ende vorlesen?«
»Verzisch dich!« fauchte Otto, wieder ganz im vertrauten Söldnerton.
Doch Titus verlangte energisch nach Gehör. »Moment mal – Moment!« Und als es endlich still wurde, fragte er den Notar: »Wer ist denn dieser ominöse Dieter Blümel – dieser ominöse?«
Wie elektrisiert horchten plötzlich alle Enterbten auf. Ja, das war eine wichtige, vielleicht die entscheidende Frage, die jetzt noch gestellt werden mußte.
Dr. Praetorius zuckte die Achseln. »Sie haben ja gehört, ein Neffe dritten Grades.«
»Ja und?«
»Soviel ich weiß, lebt er in Berlin. Aber ich habe weder seine Adresse noch kenne ich ihn persönlich, weiß auch nichts Näheres über ihn.«
»Man muß ihn ausfindig machen!« rief Albert.
»Warum, bitte?« fragte lauernd der Notar.
»Nun – ich dachte – natürlich, um ihm zu gratulieren!«
»Ja, gewiß!« rief Florentine. »Zu einer solchen Erb-

schaft muß man ihn beglückwünschen, das gehört sich so!«
Emilio legte seine Hand schwer auf die Schulter des Notars. »Sagen Sie, bitte, Herr Notar – sollte es beispielsweise nicht gelingen, diesen Dieter Blümel ausfindig zu machen, würden dann wir wieder erben? Ich meine, wegen der gesetzlichen Erbfolge oder wie sich das nennt?«
Der Notar nickte. »Ja, gewiß. Nach einer Wartefrist von drei Jahren.«
»Viel zu lange«, stöhnte Albert.
»Dann müßte ich auf den Kauf des Hotels verzichten – müßte ich dann auf den Kauf«, sagte Titus bedauernd zu seiner Schwester, während diese fieberhaft nachrechnete. Naja, notfalls würde man es auch noch so lange aushalten können, sie hatte ja Rüdiger.
»Noch eine Frage, Doktor!« Otto fuchtelte schon wieder mit seiner Pistole.
»Nicht unter Androhung von Gewalt, mein Herr!«
»Otto, steck die Knarre weg!« rief Albert.
»Wenn dieser Blümel tot wäre – also nicht nur unauffindbar oder verschollen, sondern echt mausetot, futsch, weg – was wäre dann?«
»Ja, richtig!« rief Florentine. »Was wäre dann?«
»Aber liebe, gnädige Frau«, sagte der Notar und fing plötzlich an zu lachen. »Das wissen Sie genauso wie ich! Tote können nicht mehr erben!« Klang sein Lachen nicht geradezu schadenfroh?

Damit ergriff er seine Aktentasche, hob zum Abschied grüßend die Hand, drehte sich in der Tür noch einmal um und wiederholte leise, als spräche er nur zu sich selbst: »Tote können nicht mehr erben ...« Dann verließ er aufatmend die merkwürdigste Testamentseröffnung seines Advokatenlebens. Draußen hörte man ihn noch einmal lachen.
Unbeweglich standen die fünf Enterbten im Raum. Aber die Blicke, die sie sich reihum zuwarfen – sogar Emilio und Otto sahen sich ein paar Sekunden lang fast wie Versöhnte (oder wie Verschwörer?) in die Augen –, diese Blicke sprachen Bände.
Tote können nicht mehr erben ...
Der einzige, dem man eine gewisse Zufriedenheit ansah, war Rüdiger Starkmann. Ach, wie schön, dachte er still vor sich hin. Dann kann ich ja meinen Halbtagsjob bei Fröhlich & Fröhlich noch ein Weilchen behalten.

Nackte Weiber und so ...

Dieter Blümel. Ein neuer Name im Gespräch. Wer, zum Teufel, ist Dieter Blümel?
»An den äußersten Ästen seines Stammbaums« habe er ihn aufgetrieben. Gustav Möllemanns Originalton. Und diese äußersten Äste reichten also bis nach Berlin.
Natürlich hatte Dr. Praetorius gelogen. Er als Testamentsvollstrecker sollte die Adresse des Alleinerben nicht kennen, den er ja schließlich benachrichtigen mußte? Aber diese Unlogik war der aufgebrachten Schar der Enterbten nicht aufgefallen. Sie hatte am Ende nur eine Frage interessiert: Was ist, wenn sich dieser Dieter Blümel nicht auftreiben läßt, beziehungsweise wenn sich herausstellen sollte, daß es ihn gar nicht (mehr) gibt?
Denn: Tote können nicht mehr erben ...

Die Dinkelmannstraße in Berlin war nicht gerade eine Zierde ihres Stadtteils, und das Haus Nr. 33 hatte leider die Zerstörungen des letzten Krieges

überlebt. Und ob es nun auf der Abrißliste des Senats stand oder nicht: große Wohnqualität ließ sich diesem Haus beim besten Willen nicht nachrühmen.
Auf dem ersten Hinterhof hangelte sich zwar eine schmalbrüstige Kastanie nach oben und gaukelte den Bewohnern einen Hauch von grüner Natur vor, versperrte ihnen aber zugleich den Zugang zum Licht. Der zweite, noch engere Hinterhof diente lediglich einigen Müllcontainern als Stellplatz, um die herum manchmal Kinder spielten. Und gleich neben den Tonnen, in der Parterrewohnung, hauste Dieter Blümel.
Um ihn vorzustellen, bedarf es nur weniger Worte. Dieser Neffe dritten Grades, ein Mann Mitte vierzig, besaß zwar die unverwechselbare Möllemannsche Physiognomie, nicht aber die uns bis jetzt bekannten typischen Eigenschaften dieser verzweigten Familie, etwa ihre Cleverneß, Frechheit, Rücksichtslosigkeit, ja, Skrupellosigkeit und weder ihren Egoismus noch ihren ausgeprägten Geschäftssinn. Dieter Blümel war das Gegenteil: ein Blümchen, eine Mimose, ein Traumtänzer, folglich ein Pechvogel (im allergrößten Pech jedoch stets ein Glückspilz, wie wir sehen werden), war alles andere als ein Mann der Tat, ohne jeden Begriff für Disziplin und Ordnung, nicht gerade ein Dummkopf, aber auch kein Kirchenlicht, ein Naivling, der arglos auf jeden Leim ging und in alle Fettnäpfchen trat, ein herzensguter Mensch, ein reiner Tor – und folglich ohne Weib oder Freundin,

ohne Freunde oder direkte Angehörige. Und in seinen guten Momenten war er auch ein Witzbold.
Dieter Blümel – kein Lebenskünstler, der den Balanceakt ohne Netz ausführte, sondern ein Lebenslaie, der auf jedem Glatteis, das er betrat, ins Rutschen kam.
Wie kommt ein total verschuldeter Lebenslaie zu ein paar Einnahmen? Indem er zum Beispiel eine Zeitung aus dem Mülleimer grapscht und nach Arbeitsangeboten durchforstet.
Dieter Blümel bewarb sich diesmal auf folgende Anzeige: »Intelligente, dynamische junge Leute gesucht, die selbständig denken und handeln können. Hohe Provision garantiert ...«
Als Treffpunkt waren telefonisch die Toiletten am Bahnhof Zoo ausgemacht worden. Nicht gerade der vornehmste Platz für ein Rendezvous. Und der Herr, mit dem er verabredet war, hatte sich als sehr elegant gekleidet geschildert. Das war er denn auch, er sah aus wie ein Zuhälter.
»Hallo, ich bin Mike!« sagte er.
»Ich bin Didi«, sagte Dieter.
»Höre mal«, Mike betrachtete ihn von oben bis unten, »wir erwarten von unseren Mitarbeitern ein bißchen Niveau. Haste Abitur?«
»Ich war mal Lehrer«, scherzte Didi.
»Lehrer? Für was?«
»Für Mülltonnen!« Er grinste.
Mike grinste zurück. »O. k. Komm mal mit.«

Sie gingen zu den Schließfächern. Mike förderte zwei schwere Koffer zutage.
»Paß auf«, sagte er. »Wir sind ein junges, aufstrebendes Unternehmen.« Er klappte die Kofferdeckel hoch. In jedem Koffer lagen etwa zehn dicke Bücher. Eins nahm er heraus und zeigte es Dieter. »Darum geht's! Wenn du alles verkauft hast, treffen wir uns wieder.«
»Was is'n das?«
»Erotika.«
»Erotika?«
»Na, du weißt doch, nackte Weiber und so.«
»Ach so! Porno!«
»Nee, Mensch, Kultur! Die Sittengeschichte des Abendlandes. Hier, kuck mal, tolle Bilder, was? Und prima gedruckt, das ist alles Spitze.«
»Sittengeschichte?« fragte Didi mißtrauisch.
»Etwas für Kenner. Ein echter Renner. Dreihundert Mark pro Band. Mit zwanzig Prozent bist du dabei.«
Didi wog das Buch unschlüssig in der Hand. »Ganz schön schwer...«
Mike packte es in den Koffer zurück. »Du verdienst pro Band sechzig Mark. Wenn du alles verkauft hast, sind das tausendzweihundert. Jeden Abend um neun rechnen wir ab.«
»Wo?«
»Bei den Toiletten. Wo sonst?«
»Sag mal, habt ihr kein Büro?«

»Nee, brauchen wir nicht. Wir machen weltweit auf ambulant.«
»Ach so! Ja dann!«
Mike hielt die Hand auf. »Jetzt rückste noch drei Blaue raus, dann kannste anfangen.«
Didi erschrak. »Was? Dreihundert Mark? Hab ich nicht. Wofür brauchste die denn?«
»Als Sicherheit. Nachher brennste mit den Schätzen durch!«
»Mann, ich bin pleite. Sonst wär ich nicht hier!«
»O. k. Dann die Watch!« Er zeigte auf Dieters Armbanduhr.
Didi zögerte. »Na schön. Aber paß gut auf. Das is 'ne Taucheruhr.«
»Für was brauchst du 'ne Taucheruhr?«
»Na, wenn ich mal untertauchen muß...«
»Verstehe. Hast du deinen Ausweis bei?«
Didi griff in die Tasche. »Hier!«
Seelenruhig nahm Mike ihn entgegen und steckte ihn ein. »O. k. Alles palletti.«
»He!« rief Didi. »Was soll'n das?«
»Zur Sicherheit.«
»Ach so«, sagte Didi naiv. »Ja dann.« Er wuchtete die Koffer hoch. »Schwere Lektüre! Sag mal, Mike, kaufen die Leute denn so was?«
Mike war schon am Gehen. »Aber wie! Du, das sind Bestseller. Nummer eins auf der Hitliste!«
»Was für 'ne Hitliste?«
»Mann, *die* Hitliste! Nerv mich nicht länger, hau ab!«

Er verschwand im Gewühl. Didi schleppte die Koffer nach draußen. Sie wurden immer schwerer, der Schweiß brach ihm aus. Gleich in einem der ersten Häuser versuchte er sein Glück. Er klingelte an einer Wohnungstür. Eine dicke Frau öffnete. »Ja, bitte?«
»Grüß Gott, Frau Beierle«, dienerte Didi. »Haben Sie Interesse an Erotika?«
»Ist das das neue Waschmittel?« fragte Frau Beierle.
Didi grinste. »Nee, nackte Weiber und so!«
Dann hörte er nur noch den Knall der Wohnungstür.
Bei seinem nächsten Versuch hatte er mehr Glück.
Ein Herr öffnete. »Ja, bitte?«
»Guten Tag, Herr Bergmann ... äh, eine Frage. Haben Sie Interesse an Erotika?«
Herr Bergmann bekam ein lüsternes Gesicht. »Nackte Weiber und so?«
»Genau!«
»Psst! Kommen Sie rein! Aber ganz leise, meine Frau darf nichts merken!«
Er ließ Didi eintreten und führte ihn ins Herrenzimmer.
»Wer war das, Friedhelm?« rief Frau Bergmann aus der Küche.
»Nichts, Pusselchen. Ich hab ihn wieder weggeschickt!«
»Wen?«
»Ich weiß nicht, wer es war!«
»Warum denn nicht?«
»Weil ich ihn wieder weggeschickt habe!«

So leise wie möglich öffnete Didi einen Koffer. Er entnahm das Buch vom Sittenleben der alten Römer drückte es dem Mann in die Hand. »Hier. Dreihundert Emmchen. Is'n Bestseller auf der Hitliste.«
»Ach ja? Was für eine Hitliste?«
»Na, Mann, *die* Hitliste! Weiß jedes Kind!«
Enttäuscht blickte Bergmann auf. »Ach, das ist für Kinder?«
Ungeduldig schlug Didi eine Seite auf. »Ist *das* was für Kinder?«
Gierig beschnüffelte der Mann ein eindeutiges Foto. Schritte näherten sich auf dem Flur. »Friedhelm, wo bist du?«
»Himmelherrgott, wenn sie die Sauereien sieht, bringt sie mich um! Verschwinden Sie, Mensch! Sowie ich sie in der Küche habe, hauen Sie ab!«
Er lief auf den Flur. »Was ist denn, mein Pusselchen? Komm in die Küche, ich hab' Hunger!«
»Schon wieder?« keifte das Pusselchen. »Du frißt mir noch die Haare vom Kopf!«
Die Stimmen verschwanden. Didi schlich mit seinen Koffern zur Wohnungstür, lief hinaus und warf sie mit lautem Knall hinter sich zu. Sollte sich das Pusselchen doch zu Tode erschrecken! –
Am Nachmittag dieses Tages kam Dieter Blümel erschöpft, mit schmerzenden Füßen und Armen, die das Gewicht der Koffer auf die doppelte Länge gezerrt zu haben schienen, in seine Wohnung zurück. Verkauft hatte er nichts, weder das Lotterleben

der alten Germanen noch die sittlichen Exzesse der Pharaonen. Enttäuscht schob er die Koffer in eine Ecke des Flurs.
Der Briefkasten war voller Post. Rechnungen, Prospekte, Reklame – wie immer. Er warf alles in den bereits überquellenden Papierkorb. Einen verschlossenen Brief betrachtete er näher.
»Was? Dr. jur. Franz Praetorius, Rechtsanwalt und Notar? – Kann doch nichs Gutes sein ... Rechtsverdreher ... Papierkorb!« Er warf den Brief hinterher.
Gern hätte er sich jetzt langgelegt. Zu diesem Zweck mußte er das Bett von den darauf liegenden Kleidungsstücken befreien. Er öffnete den Schrank, dachte zu spät daran, daß er sich vorgenommen hatte, ihn ständig verschlossen zu lassen. Und schon polterte ihm der Inhalt entgegen: Blechbüchsen, Kartons, ein kaputter Staubsauger, ein Stück Ofenrohr, Gartengeräte, ein Autoreifen – dabei gab es hier weder einen Garten noch besaß er ein Auto! Apathisch stopfte er alles wieder in den Schrank, verrammelte die Tür, ließ sich ächzend in den morschen Rohrsessel fallen, der am offenen Fenster stand.
Auf dem Hof spielten Kinder. Ein kleiner Ball flog durchs Fenster, rollte ihm vor die Füße. Er ergriff ihn, und ohne sich umzudrehen, warf er ihn hinaus.
»Danke, Onkel Didi!« rief ein kleines Mädchen. Immer dasselbe Spiel, dieselbe Szene.
Wie ging es bloß weiter? Dieter Blümel grübelte und

grübelte. Eintausendzweihundert Mark für Bücher – ja, die würden ihn retten! Vier Monate Mietrückstand. Schulden in der Friedhofsklause. Er würde wohl wieder zum Friedhof gehen müssen, Totengräber spielen, obwohl ihn dies grauste. Immer der Umgang mit Leichen. Mit Knochen. Mit Totenköpfen. Brrr!

Nee, dachte er. Didi, aus dir wird nischt mehr! Keine Perspektive! No future! – Und der ganze Kerl ist schon sechsundvierzig . . .

Es klopfte. Der Hauswirt stand draußen. Grußlos trat er ein, schob Dieter beiseite und rief: »Kommt rein!« Worauf sich eine siebenköpfige Türkenfamilie in der Wohnung – (ausbreitete? Das war unmöglich! Nein:) dünn machte.

»Also«, sagte der Hauswirt, »dies wäre das Appartement. Schlafzimmer –« Die Besucher stolperten sich gegenseitig über die Füße. »Küche.« Einzutreten erwies sich wegen des Abwasch-Chaos als unmöglich. »Dusche.« Der Hauswirt drehte an einem Hahn – und hielt ihn in der Hand. Wütend warf er ihn weg. »Einbauschrank.«

»Halt!« rief Didi. Zu spät. Aus dem geöffneten Schrank ergossen sich Blechbüchsen, Kartons, ein kaputter Staubsauger, ein Stück Ofenrohr – undsoweiter.

»He!« sagte Didi. »Was soll'n das?«

»Sie fragen aber komisch!« sagte der Hauswirt. »Können Sie die rückständige Miete zahlen?«

Didi schüttelte den Kopf.
»Na also. Das sind die neuen Mieter. Die ziehen ein, und Sie ziehen aus!«
Der Türkenvater hob die Hand. »Hier ziehen wir nicht ein! Auf Wiedersehen!« Die siebenköpfige Familie marschierte ab.
»Und Sie?« fragte der Hauswirt giftig. »Wann hauen Sie endlich ab?«
»Ich? Nie! Ich werde mich beim Dingsda beschweren, beim – beim Mietergenesungswerk!«
»Acht Tage gebe ich Ihnen. Und dann raus. Basta!«
Der Hauswirt verschwand.
Kaum hatte Didi den Schrank zum zweitenmal eingeräumt und sich wieder in dem altersschwachen Sessel niedergelassen, als abermals etwas Rundes durchs Fenster flog und ihm vor die Füße rollte. Mechanisch bückte er sich und warf das Dings wieder hinaus.
Aber seltsam: diesmal rief kein kleines Mädchen »Danke, Onkel Didi!«, diesmal hörte man keine Kinder auf dem Hof spielen, sondern es erfolgte ein kurzer, dunkler, sehr heftiger Knall, der in dem engen Hof ein dumpfes Echo auslöste. Dann war alles still.
Erstaunt trat Dieter Blümel ans Fenster und blickte hinaus. Da lag halb unter dem einen Container ein Mann mit zerfetzten Hosenbeinen. Es dampfte um ihn, und die Stiefelsohlen qualmten.
Der Deckel des zweiten Containers öffnete sich ein

wenig, und Theo streckte seinen Kopf heraus. Theo war ein Junge aus dem zweiten Hinterhaus, der eines leichten Dachschadens wegen die Sympathie und Nachsicht aller Mitbewohner genoß.
»Psst, Didi!« flüsterte Theo üer den Hof. »Paß auf, die drehen hier einen Film!«
»Woher weißt du das?«
»Hat der Mann mir gesagt, der da liegt! Der Hauptdarsteller!«
»Wo ist denn die Kamera?«
»Versteckte Kamera, weißte das nicht? Das macht man so bei besonders realistischen Szenen!«
»A ja, verstehe!« Didi zog sich zurück und schloß die Fensterflügel. Wer weiß, was sich Theo da ausgedacht hatte.
Na wenn schon, ich habe keinen Sinn für Kintopp! Mich plagen ganz andere Sorgen, mein Junge.
Didi sah auf den Wecker. Zwanzig Uhr. Es wurde dunkel. Und er mußte sich auf den Weg machen, um an den Toiletten vom Bahnhof Zoo Mike zu treffen, den Mann, der wie ein Zuhälter aussah, aber weltweit auf ambulant machte. Wir sind ein junges, aufstrebendes Unternehmen . . .
Wenn nur die unanständigen Bücher nicht so schwer wären!
Dieter Blümel wartete eine halbe Stunde. Mike kam nicht. Und um sich nicht länger den eindeutigen Angeboten der Strichjungen auszusetzen, ging Didi nach Hause.

Ein Krimi mit echten Leichen

Als er in der Dinkelmannstraße in die Toreinfahrt seines Hauses einbiegen wollte, trat ihm ein Polizist in den Weg. »Stopp! Wer sind Sie?«

»Dieter Blümel.«

»Na endlich! Kommen Sie mit! Der Kommissar erwartet Sie schon!«

Der Polizist schob Didi vor sich her auf den zweiten Hinterhof. Der war erstaunlicherweise mit Scheinwerfern hell ausgeleuchtet. Nanu, drehten die hier doch einen Film?

Theo hockte noch immer in dem Container und sprach auf zwei Herren ein. Als er Didi sah, sprang er auf. »He, Didi, gut, det du kommst! Die wollen mir nich glauben!«

»Das ist er, Herr Kommissar!« sagte der Polizist.

Einer der Herren blickte Didi lauernd an. »Sie sind Herr Blümel?«

»Ja, leider«, sagte Didi erschöpft.

»Ich bin Kommissar Becker. Das hier ist mein Assistent, Herr Langenhagen.«

»Angenehm.«

»Können wir mal in Ihre Wohnung reinschauen?«
»Ja, bitte.« Didi ging voran, schloß auf, der Kommissar wollte das Licht anknipsen – vergeblich.
Didi packte die Wut. »Ja, sehen Sie, Herr Kommissar, so springen die mit einem um! Dabei dürfen die das gar nicht. Steht extra im Grundgesetz.«
»Was? Daß das Licht nicht abgeschaltet werden darf?«
»Nee. Aber daß die Würde des Menschen unfaßbar ist.«
»Aha!« sagte der Kommissar und blickte seinen Assistenten an.
»Soso!« sagte der Assistent und blickte Dieter Blümel an.
»Könnten Sie es mit Ihrer Würde vereinbaren, wenn wir uns hier mal ein bißchen umsehen?»
»Bitte, Herr Kommissar. Aber bringen Sie nichts durcheinander.«
Belustigt betrachtete der Kommissar das Chaos in der Wohnung. Dann fragte er beiläufig: »Warum sind Sie ŋach dem Mord getürmt?«
»Mord? Was denn für'n Mord?»
»Draußen liegt eine Leiche, Herr Blümel!«
Didi fing an zu lachen. »Und det glauben Sie? Mann, die drehen einen Film! Fragen Sie doch den Theo!«
»Hm, hm. Sagen Sie – ist Ihnen mal ein Ziegelstein oder was Ähnliches auf den Kopf gefallen?«
Didi lachte noch immer. »Mir nicht! Aber dem Theo!«

Wieder wechselten die Kriminalbeamten Blicke.
Aber dann wurde Didi ungeduldig. »Was wollen Sie eigentlich von mir? Haben Sie einen Hausdurchsuchungsbefehl?«
»Nein«, sagte der Assistent. »Aber Sie – haben Sie ein Alibi?«
»Alibi? Glaub' ich nicht. Aber ich kann ja mal nachsehen.«
»Aha!« rief der Assistent. »Sie gehören also zu jenem Täterkreis, der durch aggressive Vorwärtsverteidigung –«
»Langenhagen!« unterbrach ihn der Kommissar. »Lassen Sie gefälligst Ihre Theorien! Passen Sie lieber auf, was ich mache! Da können Sie noch was lernen!«
Er trat an den Einbauschrank und schien ihn öffnen zu wollen.
»Nein!« schrie Didi.
Zu spät. Der Schrank entleerte seinen Inhalt. Blechbüchsen, Kartons, ein kaputter Staubsauger, ein Stück Ofenrohr, Gartengeräte, zuletzt der Autoreifen – polternd und rasselnd fiel alles auf den Kommissar, der entsetzt beiseite sprang und den verdutzten Wohnungsinhaber anbrüllte: »Warum haben Sie das alles versteckt?«
»Versteckt? Wieso versteckt, Herr Kommissar?«
Becker erwies sich als Herr der Situation. »Langenhagen! Alles einpacken! Mitnehmen! Spurensicherung! Laboruntersuchung!«
»Jawohl, Herr Kommissar! Jawohl!«

»Und da – der Papierkorb! Alles mitnehmen!«
Langenhagen stürzte sich auf den Papierkorb, nahm ihn hoch, ein Brief fiel heraus. Er las den Absender: »Rechtsanwalt Dr. Praetorius... Aha! Aha!« Er steckte den Brief in die Tasche.
Ein Mitarbeiter der Mordkommission trat ein. »Herr Becker, der Mann scheint mit einer Handgranate getötet worden zu sein!«
»Was? Wie kommt eine Handgranate hierher?«
»Keine Ahnung. Das war 'ne ganz kleine, so groß wie ein Tennisball. Die Franzosen haben so was. Er besitzt auch einen französischen Paß!«
Der Kommissar streckte die Hand aus. »Zeigen Sie mal her! Tatsächlich! Aber der Name ist deutsch – Otto Möllemann...«
»Möllemann?« Didi fuhr herum. Der Name kam ihm bekannt vor.
»Nanu, Herr Blümel! Sagt Ihnen der Name etwas?« Mit strengem Gesicht baute sich der Kommissar vor ihm auf.
»Vielleicht, Herr Kommissar. Vielleicht auch nicht...«
»Was soll das heißen? Sind Sie nicht eben zusammengezuckt, als Sie den Namen hörten? Möllemann?«
»Nee, nee, Herr Kommissar. Ich zucke öfter. Das beweist gar nichts!«
»Und das soll ich Ihnen glauben? Zeigen Sie mal Ihren Ausweis her!«

»Bitte sehr–« Ach, zu dumm. Der Ausweis – den hatte ja Mike eingesteckt. Als Sicherheit. »Tut mir leid, Herr Kommissar. Mein Ausweis ist zur Zeit unterwegs. Bei einem aufstrebenden Unternehmen.«
»Was für ein Unternehmen?«
»Die machen weltweit auf ambulant.«
Der Kommissar runzelte die Stirn. »Ich habe das Gefühl, Sie wollen hier etwas verschleiern! Oder uns auf den Arm nehmen! Was?«
»Nichts liegt mir näher«, stotterte Didi.
»Langenhagen, die Handschellen!«
»Jawohl, Herr Kommissar!« rief der Assistent eifrig, und dann hörte Didi den Kommissar sagen: »Herr Blümel, Sie sind verhaftet!«

Kaum war die Leiche abtransportiert, kaum hatte die Mordkommission mit dem inhaftierten Tatverdächtigen den Schauplatz des Verbrechens verlassen, als ein älterer, gut gekleideter Herr durch die Dinkelmannstraße ging und nach der Hausnummer 33 suchte.
Es war der Notar und Testamentsvollstrecker Dr. Praetorius auf der Suche nach dem Alleinerben, von dem er bis jetzt keine Nachricht erhalten hatte.
Er ging durch den dunklen Flur, erreichte den ersten, in der Nacht nur spärlich erleuchteten Hinterhof, durchquerte die zweite Toreinfahrt und

stand plötzlich im Licht eines Scheinwerfers, den die Polizei abzuräumen vergessen hatte. An der Tür zur Parterrewohnung las er endlich den gesuchten Namen: Dieter Blümel.
Er klopfte. »Hallo, Herr Blümel!«
Statt einer Antwort aus der Wohnung hob sich plötzlich neben dem späten Besucher der Deckel eines Müllcontainers, und eine menschliche Gestalt wurde sichtbar.
Erschrocken wich der Notar beiseite.
»He, wer bist du denn?« fragte der bekloppte Theo.
»Ich bin Dr. Praetorius, Testamentsvollstrecker«, antwortete der Notar verwundert.
»Verstehe! Ich spiele den Mann in der Tonne!«
»Wie bitte? Ich suche Herrn Blümel!«
»Den Didi? Der is weg! Schon abgedreht.«
»Ich verstehe leider kein Wort . . .«
»Ja, wat denn? Drehbuch nich gelesen?«
»Was für ein Drehbuch?«
»Mann, willste mich verarschen? Ich denke, du spielst den Fritzen – den Testaments- undsoweiter?«
»Entschuldigen Sie, ich bin Rechtsanwalt und suche hier einen Mandanten. Wissen Sie zufällig, ob Herr Blümel –?«
»Paß uff, Mann, versteckte Kamera!« flüsterte Theo, sprang aus der Tonne und verschwand im Dunkeln.

Kopfschüttelnd ging der Notar in sein Hotel zurück.

Dr. Praetorius war in dieser Nacht nicht der letzte Besucher des Hauses Nr. 33 in der stillen Dinkelmannstraße.

Die zwei Personen, die kurz nach seinem Verschwinden leise in die Toreinfahrt einbogen, sind uns gut bekannt. Ein Ehepaar: Florentine Starkmann und ihr Gatte Rüdiger.

Er blieb plötzlich stehen.

»Was ist los?« flüsterte sie.

»Mußten wir unbedingt im Kempinski absteigen? Als ob wir Millionäre wären!«

»Morgen sind wir's, Rüdiger! Weiter jetzt!«

»Und wenn das nicht klappt?«

»Rüdiger! 220 Volt! Und dein Elektriker-Talent!«

»Ich habe Angst, Tinchen ...«

Der Waschlappen – immer dasselbe. Aber in dieser Situation konnte sie ihn nicht so grob wie sonst behandeln. Jetzt bedurfte es Fingerspitzengefühls ...

»Aber, Rüdiger!« Ihre Stimme klang plötzlich mütterlich lieb. »Du spielst doch immer so gern mit Elektrizität ...«

»Könnten wir nicht bis morgen warten ...«

Aber sie ging bereits weiter, und er wagte nicht, sie im Stich zu lassen.

Seltsamerweise war die Tür zu Blümels Wohnung

nur angelehnt, und es schien niemand zuhause zu sein.

»Siehst du, Rüdiger? Klappt alles, wie geschmiert! Jetzt kommt dein großer Augenblick!«

Mochte man Rüdiger einen Versager nennen, einen Hasenfuß, einen Pantoffelhelden – wenn er mit elektrischem Strom spielen konnte, war er glücklich. Schon als Kind hatte er kaputte Steckdosen, Kabelreste, Lichtschalter und alte Sicherungen gesammelt und seinen Eltern so manchen Kurzschluß beschert. Am liebsten wäre er Elektriker geworden, aber die Ungunst der Geschicke hatte ihn zum Gatten von Florentine Möllemann bestimmt. Oft hatte er sich als verhindertes Genie gefühlt, und nur zu selten gab es Gelegenheiten wie die heutige, in denen er mit seinen selbstangeeigneten Fachkenntnisen brillieren durfte.

Schnell überwand Rüdiger die Angst. Er sah sich um. Kein Strom in der Wohnung! Aber er wußte bald Rat: draußen auf dem Hof brannte ein kleiner Scheinwerfer... Er packte seine Hutschachtel aus.

Florentine war über einen Koffer mit Büchern gestolpert. Im Schein einer Kerze blätterte sie in einem Band. »Unglaublich!« entfuhr es ihr.

»Was ist, Tinchen?« fragte Rüdiger durch das geöffnete Fenster vom Hof her.

»Schweinereien, nichts als Schweinereien!«

»Nun beruhige dich, ich beeile mich ja!«

Er entrollte ein Kabel, schloß es auf dem Hof an,

befestigte das andere Ende an der Dusche in Dieter Blümels Waschecke und führte dabei ein Selbstgespräch. »Wenn er sich duscht – 220 Volt – aber hier noch und hier –«
Da wurde sie schon ungeduldig. »Wie lange dauert es noch? Mir tun schon die Beine weh!«
»Leg dich doch hin, Tinchen. Da, auf die Liege!«
Das tat sie, murrend, »Beeile dich! Bevor er nach Hause kommt!«
Plötzlich hatte Rüdiger ein Glitzern im Auge. Und in der Hand drei Kabelenden. Mit einer Zange riß er den Stecker vom Kabel ab, so daß die blanken Drähte herausschauten. Dann kroch er um die Liege und befestigte das Kabelende, das er von der Dusche wieder abgenommen hatte, ohne daß seine Frau es merkte, an einem Bein des eisernen Bettgestells.
»Starkmann, Starkmann«, gähnte Florentine, »du bringst mich noch ins Grab!«
»Jawohl«, sagte Rüdiger gehorsam. Er lief wieder nach draußen, öffnete den Sicherungskasten.
»Rüdiger, muß ich noch lange warten?«
»Nein, nein, mein Täubchen«, rief er mit teuflisch verzerrtem Gesicht. »Es ist gleich so weit!«
Er steckte die Kabeldrähte in die Sicherungsbuchsen. Ein spitzer Schrei war zu vernehmen.
»Lebst du noch, Tinchen?« fragte er mit angehaltenem Atem.
»Aaaah . . .«
Er führte die Drähte noch einmal in die Buchsen.

Von Florentine kam ein letzter, ein allerletzter Seufzer.
Ihre Prophezeiung war eingetreten, vielleicht schneller, als sie erwartet hatte.

Und noch jemand war an diesem ereignisreichen Tag in Berlin eingetroffen. Wir ahnen es bereits: ein weiteres Mitglied der Sippe Möllemann. Emilio.
Wohlweislich hatte er sich Verstärkung mitgebracht: Alfredo, seinen bewährten Adjutanten aus tausend Mafia-Schlachten. Ein Telegramm hatte genügt. Am Tage darauf war Alfredo mit seinem Mercedes in Stuttgart vorgefahren, Emilio stieg zu, und sofort ging es nach Berlin weiter. In der Nähe der Dinkelmannstraße hatten die beiden ein italienisches Restaurant aufgetrieben, die Friedhofsklause, und dieses sofort zu ihrem Standquartier gemacht.
Ohne Rücksicht auf die Müdigkeit Alfredos, der achtundvierzig Stunden pausenlos am Steuer gesessen hatte, bestand Emilio darauf, unverzüglich zu handeln. Es muß also erwähnt werden, daß nach erstens Otto Möllemann, zweitens der Mordkommission, drittens dem Rechtsanwalt Dr. Praetorius und viertens den Eheleuten Rüdiger und Florentine Starkmann nunmehr fünftens die sizilianischen Mafiosi Emilio und Alfredo den zweiten Hinterhof des Hauses Dinkelmannstraße 33 betraten, wie

mehrere ihrer Vorgänger mit äußerster Vorsicht und mucksmäuschenstill.
Inzwischen war es weit nach Mitternacht, die geeignetste Stunde also für ein so verabscheuungswürdiges Vorhaben. Bevor Emilio über den inzwischen dunklen Hof huschte, drehte er sich nach Alfredo um. Da – im schwachen Licht einer kaum erkennbaren Mondsichel – sah er seinen Adjutanten an der Wand lehnen und stehend schlafen, ja, er schien gerade mit dem Schnarchen beginnen zu wollen.
Ein grober Rippenstoß riß Alfredo aus seinen Träumen, torkelnd folgte er dem Boß, der durch die erstaunlicherweise geöffnete Tür Dieter Blümels Wohnung betrat.
Da – die Umrisse eines Mannes mit einem Koffer in der Hand. Er kam auf die beiden zu und rief ängstlich: »Hallo! Wer sind Sie?«
Ehe Emilio es verhindern konnte, riß Alfredo in bester Mafia-Manier seine Maschinenpistole hoch und ballerte los.
Wie von einer unsichtbaren Faust gestoßen, flog der Mann mitsamt seinem Koffer in das Zimmer zurück.
So endete, ebenfalls schneller, als er erwartet hatte, das Leben des Rüdiger Starkmann.
Emilio aber, einerseits ungehalten ob der Unvorsichtigkeit seines Kumpans, andererseits erleichtert, so schnell am Ziel zu sein, rief frohgemut der Leiche zu: »Arrivederci, Blümel!«

Dann eilten die beiden davon. In dem Restaurant holten sie den Wirt sowie dessen dralle Bedienung aus den Federn und feierten ihren Erfolg, trinkend und essend, bis in die Morgenstunden, und Emilio machte sich einen großen Spaß daraus, den immer wieder fast ohnmächtig vom Stuhl sinkenden Alfredo mit kurzen Backenschlägen in die Realität zurückzureißen.

In der Mordkommission des Polizeipräsidenten herrschte in dieser Nacht ebenfalls Hochbetrieb.
Dieter Blümel saß am Verhörtisch, eine Lampe blendete ihn, Kommissar Becker konnte kein Ende finden. Immer wieder ritt er auf Didis fehlendem Ausweis herum. Wieso, weshalb und warum er dieses wichtige Papier wann denn wem und wofür gegeben habe.
Erschöpft vermochte Didi nur noch im Telegrammstil zu sprechen.
»Also – ich nix zu essen – Annonce in Zeitung – dynamische Jungens gesucht – intelligente wie ich – hohe Provision an der Bahnhofstoilette – junges aufstrebendes Unternehmen – weltweit auf ambulant – nackte Weiber und so – zwanzig Bände voll im Koffer – Nummer eins auf der Hitliste – Watch und Ausweis als Sicherheit – ich schleppe nach Hause – Koffer im Flur und schon kracht's – Alles klar, Herr Kommissar?«

»Hm, hm«, machte Becker. »Verstehen Sie das, Langenhagen?«
»Ich würde sagen ja, Herr Becker, wenn man das Vertrauen bevorschußt, das einer Aussage wie dieser als solcher –«
Der Kommissar brachte ihn mit einem Wink zum Schweigen. »Noch mal Blümel, wann krachte es genau?«
»Nachdem ich die Sittengeschichte abgestellt hatte.«
»Was für 'ne Sittengeschichte?«
»Na, sag ich doch die ganze Zeit! Die zwanzig Bände auf Provisionsbasis!«
»Aha, und wo sind die jetzt?«
»Bei mir zu Hause, im Flur, beide Koffer! Mann, sind Sie schwer von –«
»Lassen Sie das!« fuhr ihn der Kommissar an. »Und da hat es gekracht?«
»Aber wie!«
Becker erhob sich. »Aha! Endlich der entscheidende Hinweis. Der Rest ist Routine. Langenhagen! Alles wieder einpacken. Sofort in die Dinkelmannstraße! Kommen Sie, Blümel!«
Didi stand mühsam auf. »Na, endlich komme ich in die Klappe!« –
Nachdem sie Blümels Wohnung betreten hatten, installierte Becker einen tragbaren Scheinwerfer und stellte ihn auf den Fußboden. Mißtrauisch blickte er sich um.
»Fällt Ihnen nichts auf, Blümel?«

»Nee, wieso?«
»Na, hören Sie mal – hier sieht's ja noch chaotischer aus als vorher.«
Jetzt merkte es auch Didi. »Das war bestimmt der Hauswirt! Der will mich hier rausekeln. Aber ich bleibe! Wo ich doch keine Miete zahle!«
Keuchend erschien Langenhagen mit dem Sack Gerümpel. »Wohin damit? Ist ja nirgendwo Platz!«
Didi wies auf den Vorhang an der Wand. »Da! Auf's Bett!«
»Wo sind die Bücher, die bewußten?« fragte Becker.
Didi bückte sich über die Koffer. »Aber – da muß jemand dran gewesen sein! Ist ja alles durcheinander! Die teuren Bücher!«
Becker griff nach einem Band. »Der Harem als sozialer Ort – interessant!«
»Dreihundert Mark, Herr Kommissar! Machen Sie keine Esels-Dingsda rein – Eselsohren!«
Plötzlich stieß der Assistent einen hysterischen Schrei aus und taumelte zurück. Er hatte den Vorhang beiseite geschoben und starrte mit überquellenden Augen auf das Bett. »Herr Kommissar«, flüsterte er, »ich kann doch kein Blut sehen . . .«
»Blödsinn, Mann! Was denn für Blut–?«
Becker trat näher. Er zuckte zusammen. Zwei aufgerissene Augenpaare blickten ihn aus glanzlosen Höhlen an. Sie gehörten zwei Leichnamen, die übereinander auf dem Bett lagen . . .
Als Didi das entsetzliche Bild sah, das sich ihm auf

seiner Schlafstätte bot, begannen seine Zähne unbeherrscht zu klappern. Ich glaube, ich drehe durch, dachte er und sank in die Knie. »Ich war's nicht!« schluchzte er. »Ich schwöre, ich war's nicht!«
Langenhagen hatte seine Schwäche überwunden. Er packte Didi an der Schulter. »Raus mit der Sprache! Haben Sie ein Alibi?«
»Was denn, was denn – schon wieder eins?«
Der Assistent fühlte sich plötzlich herausgefordert. »Sie sind sich Ihrer Sache wohl sehr sicher, wie? An alles haben Sie gedacht, jedes Detail tausendmal durchgespielt, es konnte keinen Fehler geben – der perfekte Mord! Aber Sie haben nicht mit mir gerechnet. Auf die kleinste Fangfrage wissen Sie jetzt keine Antwort, mein Herr! Also, wo waren Sie während der Tatzeit?«
»Aber Mann!« Becker schüttelte den Kopf.»Er war bei uns auf dem Revier!«
»Ach so, ach ja, hm, hm«, meinte der verhinderte Sherlock Holmes verlegen.
Der Kommissar legte grübelnd die Hand ans Kinn. »Ich glaube, ich hab's! Es hängt mit den Büchern zusammen. Der eine Tote ist eine Frau. Und die hat zur Tatzeit im perversen Leben der Phönizier gelesen. Da müssen wir einhaken! Langenhagen, alle Bücher mit zum Revier. Tut mir leid, Herr Blümel. Ich lasse die Leichen gleich abholen. Sie können dann endlich schlafengehen.«
»Ich? Hier?« rief Didi entsetzt.

»Ja, Sie sind frei. Ist doch klar!«
»Na klar!«
»Es sei denn«, meinte Becker und versuchte zu scherzen, »die Leute hießen Möllemann. Das wäre natürlich verdächtig.«
»Genau«, bestätigte Didi, »sehr verdächtig.«
»Langenhagen, haben Sie die Toten schon identifiziert?« fragte der Kommissar.
Erschrocken drehte der Assistent sich um. »Ja, wie denn? Soll ich denen – in die Tasche fassen?«
»Allerdings. Nur so wird man an ihre Ausweise herankommen.«
Langenhagen überwand sich und tat es. Er öffnete den Ausweis des Mannes. »Rüdiger Starkmann . . .«
»Na, bitte«, lächelte Becker. »Und die Frau?«
»Florentine Starkmann – geborene Möllemann!«
Dies war der Augenblick, in dem es Didi schwarz vor Augen wurde und er in eine wohltuende Ohnmacht sank.

Ganz schön in der Tinte

Als Dieter Blümel am nächsten Morgen aufwachte, fand er sich nicht etwa gefesselt hinter Schloß und Riegel, wie er geträumt hatte, sondern auf dem Bett seiner Elendswohnung liegend, umgeben von dem Gerümpel, das eigentlich in den Einbauschrank gehörte, aber nun, da es so oft herausgefallen war, getrost da liegenbleiben konnte, wo es lag.

Didi sah mit leerem Blick um sich und versuchte sich zu erinnern. Plötzlich fuhr er hoch, sprang auf die Füße, taumelte zur Wand. Hatten nicht auf diesem Bettgestell vor wenigen Stunden noch zwei blutbesudelte Leichen gelegen? Wie waren sie in die Wohnung gelangt, noch lebend oder schon tot, was hatten sie hier gesucht, noch tot oder schon lebend?

Jetzt fiel ihm auch ein, daß Kommissar Becker, nachdem Didi aus seiner Ohnmacht erwacht war, ihm »den Vogel gezeigt« und ihn ausgelacht hatte. Nein, nein, so leicht falle er auf keinen Gangstertrick herein! Wenn er, Dieter Blümel, mit seiner Ohnmacht etwa hätte erreichen wollen, von der Polizei in

Schutzhaft genommen zu werden, weil möglicherweise ein paar Verbrecher namens Möllemann hinter ihm her seien, dann habe er, Dieter Blümel, aber sehr daneben gedacht. So leicht ziehe er, Kommissar Becker, einen Lockvogel nicht aus dem Verkehr.
Didi hatte nur Bahnhof verstanden. »Was für ein Verkehr? Warum wollen Sie mich da rausziehen? Bin ich ein kaputtes Auto?«
Da hatte Langenhagen, der blöde Assistent, höhnisch aufgelacht. Das sei schon im 18. Jahrhundert ein kriminalhistorisch erwiesener Ganoventrick gewesen, mit bewußter Übertreibung einen untertriebenen Zustand durch Manipulation von Vorgängen –
»Ach, Mann, hören Sie auf!« hatte der Kommissar ihn unterbrochen und sich dann wieder an Didi gewandt.
»Herr Blümel, es ist mir nicht entgangen, daß Sie erst beim Nennen des Namens Möllemann in Ohnmacht fielen oder vortäuschten, in Ohnmacht zu fallen. Mit anderen Worten: Sie wollten vermeiden, von mir darauf angesprochen zu werden. Nun gut, ich respektiere das! Außerdem haben Sie ein Alibi. Also, bitte, Sie sind frei. Aber glauben Sie nicht, daß Sie auch nur einen Schritt tun werden, ohne daß ich Sie beobachten lasse. Sie sind ein Lockvogel, und ich will nicht Sie allein verhaften, sondern die ganze Bande, mit der Sie zusammenarbeiten!«
»Herr Kommissar, apropos Bande, ich –«

»Lassen Sie mich ausreden!« Der Kommissar bekam plötzlich einen hypnotischen Blick, und Didi vermochte sich gleich einem willenlos gemachten Kaninchen seinen Augen nicht mehr zu entziehen.
»Jawohl, Herr Kommissar!« flüsterte er.
»Sie wissen also, was Sie zu tun haben?«
»Nein, Herr Kommissar – das heißt ... natürlich ja, Herr Kommissar!«
»Und was werde ich Sie lassen, Herr Blümel?«
»Beobachten, Herr Kommissar, auf Schritt und Tritt, Herr Kommissar...«
»Die zwanzig Bände Sittengeschichte nehmen wir natürlich mit, die sind beschlagnahmt. Es ist ganz klar, daß sie in unmittelbarem Zusammenhang stehen mit den finsteren Plänen Ihrer Möllemann-Bande...«
»Jawohl, Herr Kommissar, sehr, sehr finster!«
Die Kriminalbeamten verschwanden, und Didi fiel in einen ungemein tiefen Schlaf, aus dem er nun endlich erwacht war.
Was tun? Sein knurrender Magen mahnte ihn, realistisch zu denken. Verdammt noch mal, die tausendzweihundert Emmchen, auf die er so dringend angewiesen war, konnte er in den Schornstein blasen. Blieb also wieder nur der Friedhof als letzter Ausweg, fleißige Totengräber fanden dort immer Arbeit.
Seufzend verließ Didi seine Wohnung und machte sich auf den Weg. Als er an der Friedhofsklause

vorüberging, ließ lautes Grölen ihn aufhorchen. Lachen und italienischer Singsang, um diese vormittägliche Stunde recht ungewöhnlich, drangen an sein Ohr.

»Una festa sui prati
Una bella compagnia...«

Eigentlich durfte er sich bei Luigi, dem Wirt, nicht mehr sehen lassen. Wer mit dreihundert Mark in der Kreide stand, machte besser einen großen Bogen um das Lokal. Doch die fröhliche Stimmung, die dort zu herrschen schien, zog Didi mit magischer Gewalt hinein. Er stellte sich an die Theke.

Am Stammtisch saß eine kleine, aber sehr animierte Runde. Zwei italienisch sprechende Männer teilten sich auf ihren Knien ein vollbusiges Mädchen, drei weitere Gäste kannte Didi vom Sehen, sie arbeiteten als Gärtner in den Friedhofsanlagen. Der Tisch war übervoll mit leeren Flaschen, Gläsern, Sektkübeln, Aschenbechern...

»Hallo, Luigi!« sagte Didi zum Wirt, der gerade eine Weinflasche öffnete. »Wie wär's mit einem Kaffee?«

»Was willst du denn hier?« grunzte der Wirt.

»Ich dachte, einen kleinen Kaffee...«

»Willst du mich auf den Arm nehmen? Mit deinem Schuldkonto? Wann wird das denn abgebaut, he?«

»O sehr bald –«

»Raus, verschwinde!« schrie Luigi und brachte die Weinflasche an den Stammtisch.

»He, he!« rief ein Mann, der Emilio genannt wurde.

»Was soll das? Wir feiern! Warum wirfst du den Mann hinaus?«

»Der Kerl hat Schulden bei mir. Dreihundert. Völlig verkommen!«

»Langsam, langsam!« lallte Emilio. »Wenn Emilio feiert, feiern alle – he? Alfredo!«

Der andere Italiener war auf dem Stuhl eingeschlafen, obgleich das Mädchen kichernd an seinem Ohrläppchen nuckelte.

»Alfredo!«

Der Mann fuhr hoch. »Wo ist meine Pistole!«

»Quatschkopp!« rief Emilio. »Wieviel Geld hast du noch?«

»So einige Zerquetschte . . .«

»Gib dem Patron hier, gib dem Cretino dreihundert Mark! Sofort!«

Der schlaftrunkene Mann schob das Mädchen auf das Knie von Emilio, faßte in seine Brusttasche, zog drei Hundert-Mark-Scheine heraus und gab sie Luigi.

Didi, der schon an der Tür stand, wurde von Emilio zurückgerufen. »He, bambino! Du bist jetzt schuldenfrei, verstanden?«

Didi kam näher, verlegen grinsend. »Wie soll ich das auffassen, wenn ich bitten darf?«

»Haste nicht kapiert? Die dreihundert Emmchen sind vergessen. Was willst du haben? Kaffee?« Luigi war plötzlich wieder sehr nett zu ihm.

»Ach nee«, grinste Didi. »Dann lieber doch ein Bierchen. Ich geh ja wieder ins Grab hinab, und das macht Durst ...«

Als er das Bier in der Hand hielt, machte er eine Verbeugung zu Emilio. »Multo grazzia, Chef! Sie sind ein dufter Kerl. Wohl nich von hier, wa? Würde mich freuen, Sie mal wieder zu sehen. Prost, also – und hasta la vista!«

Mit einem langen, süchtigen Zug leerte Didi sein Glas und stellte es auf die Theke.

Dann dienerte er höflich. »Ich muß an die Arbeit, Penunse, verstehste?« Weg war er.

»Warum haut er ab? Mag er uns nicht?« fragte Emilio. »Wer war das?«

»Der? Das war Didi!«

»Was für'n Didi?«

Das Mädchen auf seinem Knie kraulte Emilios Bartstoppeln. »Alter Kunde von uns«, gluckste sie. »Dieter Blümel heißt er.«

»Dieter Blümel?« Emilio hielt plötzlich den Atem an. »Das kann doch nicht stimmen!«

»Kennste den etwa?« fragte Luigi. »Lohnt sich nicht. Ganz kleines Kirchenlicht.«

»Dieter Blümel!« Emilio sprang so heftig auf, daß das Mädchen auf die Erde plumpste.

»He!« rief sie böse. »Verrückt geworden?«

Emilio rüttelte Alfredo wach. »Weißt du, wer das war?«

»Wer?« lallte Alfredo.

»Der Kleine, der Mann mit dem Bier!«

»Nein.«
»Dieter Blümel! Dein Freund! Und du schläfst!«
Alfredo öffnete mühsam die Augen. »Meinst du den, den wir heute nacht–?«
»Ja, du Rindvieh! Und dem gibst du dreihundert Mark!«

Didi trat auf die Straße. Das Bier hatte ihm gut getan. Aber der Hunger war geblieben.
Daß ihm sofort ein blauer Volkswagen folgte, fiel ihm nicht auf. Weit kam der Wagen allerdings nicht, denn Didi ging nur über die Straße und begab sich in das Büro der Friedhofsverwaltung.
Der Mann im Auto griff zum Telefon. »Chef, der Beobachtete hat um elf Uhr sieben das Lokal verlassen, die Straße überquert, und um elf Uhr zehn den Friedhof betreten.«
»Den Friedhof?« rief Kommissar Becker zurück. »Was macht er denn auf dem Friedhof?«
»Soll ich ihn fragen?«
»Mann, der soll doch nicht merken, daß er beschattet wird!«
»Ach ja, richtig, Chef! Verstanden!«
»Bleiben Sie auf dem Posten und melden Sie alle weiteren besonderen Vorkommnisse sofort! Ende!«
»Jawoll, Chef! Ende!«
Eine Viertelstunde später rief der Beobachter wieder bei der Mordkommission an. »Er ist wieder raus!«

»Wer wo raus?« brüllte Becker.
»Der Mann aus dem Friedhof!«
»Aha, interessant! Die weitere Beobachtung übernimmt Kollege Babensiek. Sie begeben sich sofort auf den Friedhof und suchen ihn nach auffälligen Einzelheiten ab. Ende.«
»Jawoll, Chef. Ende.«
Niedergeschlagen ging Didi nach Hause. Er hatte bei der Friedhofsverwaltung keinen Erfolg gehabt. Die Zahl der Beerdigungen hatte nachgelassen. Die Menschen lebten länger. Das Durchschnittsalter der Männer, besonders aber der Frauen, war ganz schön heraufgeklettert. Warum eigentlich? Lohnte sich dieses traurige Leben? Aber vielleicht, sagte sich Didi, hatten manche Leute mehr Glück als er und ein besseres Leben, und ein besseres Leben zu leben, lohnte sich allemal.
Mit dieser weisen Erkenntnis betrat Didi seine Wohnung in der Dinkelmannstraße und beschloß, um seinen Hunger für ein Weilchen zu beschwichtigen, sich zu einem Schläfchen aufs Bett zu legen – auf dieses fürchterliche Bett mit seinen entsetzlichen Erlebnissen.
Kaum war er eingeschlafen, als Schritte auf dem Hof und halblaute Rufe, schließlich heftiges Klopfen an der Tür ihn hochrissen. Ehe er eines Wortes fähig war, öffneten sich von außen die Läden seines Fensters, die Gläser wurden klirrend durchstoßen, und zwei riesige Scheinwerfer reckten ihre blendenden

Augen auf den Verstörten. Gleichzeitig wurde die Tür eingedrückt, eine Schar Menschen ergoß sich in die Wohnung.
»Was wollen Sie?« schrie Didi entsetzt.
Eine bebrillte Frau warf sich fast auf sein Bett. »Herr Blümel? Sind Sie Herr Blümel? Ja, ich sehe, Sie sind Herr Blümel. Was sagen Sie, Herr Blümel, zu den gräßlichen Morden, die heute nacht hier passiert sind?«
»Wer sind Sie?« fragte Didi, sich erschrocken in den äußersten Winkel seines Bettes zurückziehend.
»Ich bin die Abendpost!« sagte die Brillenschlange.
»Ich bin die Morgenausgabe!« rief ein dünner Mann.
»Magazin der Stunde!«
»Echo vom Tage!«
»Blick in den Spiegel!«
»Ach, machen Sie doch bitte Platz!« befahl eine männliche Stimme. »Sie haben nachher noch Zeit genug, wir sind das Fernsehen, das ist doch viel wichtiger!«
»Wichtiger? Unerhört! Egoist! Monopolist!« Mehrere Stimmen keiften erregt durcheinander.
»Von wem kommen denn die Scheinwerfer? Von uns! Glauben Sie, wir machen Ihnen Licht für Ihre Notizen? Also bitte, machen Sie Platz!«
Langsam fand Didi seine Beherrschung wieder. »Woher wissen Sie, bitte, was hier passiert ist?«
»Eine dpa-Meldung«, sagte die Bebrillte. »Vor einer Stunde durchgetickert. Dinkelmannstraße. Ein ge-

wisser Blümel. Also, raus mit der Sprache, was wissen Sie?«

»Nehmen Sie wenigstens Ihren Kopf beiseite«, rief der Mann vom Fernsehen, »dann können wir drehen!«

Aber in diesem Chaos war es unmöglich, in Ruhe zu drehen oder gar vernünftige Antworten zu geben. Immer mehr Reporter drängten rücksichtslos in die enge Wohnung, umstellten das Bett und durchbohrten ihr Opfer mit tausend Fragen.

»Was glauben Sie, wer dahintersteckt?« – »Was vermutet die Polizei?« – »Kannten Sie die Toten?« – »Hatten Sie Angst, als plötzlich –« – »Sind Sie verheiratet?« – »Haben Sie früher schon Leichen gesehen?« – »Sind noch mehr Morde zu erwarten?« – »Hatten Sie eine glückliche Kindheit?« – »Wie sieht es mit Ihrem Sexualleben aus?« – »Wie stehen Sie politisch?« – »Unterstützen Sie die derzeitige Regierung?«

Erst als Didi unter die Bettdecke gekrochen und unsichtbar geworden war, ließen die Fragen nach, die Reporter sahen sich in der kleinen Wohnung um, steckten »Andenken« ein und verzogen sich schließlich. Sie würden sich schon die richtigen Interviews »am Schauplatz des gräßlichen Geschehens« aus den Fingern saugen.

Endlich konnte das Fernsehen drehen. »Direkt am Ort des Grauens –« hörte Didi den Reporter ins Mikrofon sprechen – »haben wir einen wichtigen

Zeugen aufgestöbert, dessen Namen wir wegen des Persönlichkeitsschutzes einerseits und andererseits, weil noch nicht feststeht, ob er wirklich der Mörder ist, nicht nennen – die dpa-Meldung spricht von einem gewissen Dieter Blümel – Herr Blümel, dieser entsetzliche Anblick, zwei grauenvoll zugerichtete Leichname auf Ihrem Bett, auf diesem Bett, was empfanden Sie bei diesem schrecklichen Anblick –«

»Sind Sie vom ersten oder vom zweiten Programm?« fragte Didi, langsam die Beherrschung wieder gewinnend.

»Privatfernsehen!« flüsterte der Mann.

»Ach so ... Ja, also, ich hörte ein unheimliches Geräusch ... mir gefror das Blut in den Adern ... der Atem stockte mir ... dort, dort vom Schranke kam es her ... und da hörte ich es wieder ... dieses Geräusch des Grauens – Aaaaah! Der Schrank!«

Der Reporter fuchtelte mit den Armen, um dem Kameramann zu bedeuten, daß er den Schrank ins Bild nehmen sollte. Der Kameramann gab ein Zeichen, daß er verstanden hatte, der Reporter trat an den Schrank.

»Auch uns, liebe Zuschauer, ich muß es ehrlich bekennen, laufen in diesem Augenblick Schauer des Entsetzens über den Rücken. Ein Schrank – wie oft hat in der Literatur ein Schrank die entscheidende Rolle gespielt, erst recht in der Kriminalgeschichte, in der es von geheimnisvollen

Schränken nur so wimmelt. Sei's drum, schauen wir nach, ob hier des Rätsels Lösung steckt – also im Schrank, den ich jetzt öffnen werde –«

Der Reporter trat vorsichtig zur Seite, schloß mit langem Arm den Schrank auf, die Tür öffnete sich – der Schrank war leer. So dicht auch die Kamera jetzt an sein Inneres heranzoomte, sie konnte nichts erkennen, was auch nur den geringsten Aufschluß über die Motivation des blutigen Geschehens in der Nacht hätte geben können.

»Warten wir ab, was die Mordkommission ermittelt!« sagte der Reporter geistesgegenwärtig. »Ich gebe zurück ins Funkhaus.«

Als er sich wieder dem Bett zuwandte, war es leer. Didi hatte die günstige Gelegenheit benutzt, sich weiteren Fragen durch Flucht zu entziehen.

Als er den Torweg verließ, stellte sich ihm plötzlich ein sehr dicker Herr in den Weg.

»Gratuliere, Herr Blümel!« sagte der Dicke.

»Wozu?« fragte Didi verblüfft.

»Sie haben den Großen Preis gewonnen – den Großen Preis haben Sie!« Der Fremde schnaufte wie eine Lokomotive.

»Was für einen großen Preis?«

»Haben Sie zufällig Hunger – zufällig?«

»Das kann man wohl sagen! Seit gestern habe ich nichts mehr gegessen!«

»Aber wie gut sich das dann trifft – aber wie gut!« freute sich der Dicke. »Dann darf ich Sie sofort zu

einem erstklassigen Essen mit allen Schikanen einladen – darf ich Sie sofort?«
»Wie kommen Sie dazu?« Didi wunderte sich heute über nichts mehr. »Oder vielmehr, wie komme ich dazu?«
Der Dicke legte ihm vertraulich eine Hand auf die Schulter. »Das will ich Ihnen gern erklären, Herr Blümel – will ich Ihnen das gern. Die bekannte gastronomische Zeitschrift *Schmausen und Schlürfen*, deren Chefredakteur ich bin, hat durch ein Computerverfahren den typischen deutschen Durchschnittsesser zu ermitteln versucht – durch ein Computerverfahren den typischen. Sie kennen doch *Schmausen und Schlürfen?*«
»Aber natürlich!« log Didi.
»Die Daten aller Bundesbürger wurden in den Computer eingegeben –«
»Was denn – meine auch?«
»Aber selbstredend, die bekommt man doch über eine Zentralstelle in Bonn – bekommt man die doch –«
Als in diesem Augenblick ein Aufnahmewagen des Fernsehens aus der Toreinfahrt kam, riß Didi, um nicht erwischt zu werden, die Tür des Nachbarhauses auf, lief hinein und schlug sie hinter sich zu. Aber er hatte nicht mit der Zähigkeit des dicken Chefredakteurs gerechnet, der ihm gefolgt war und an seiner Seite blieb.
»Ich denke, Sie haben Hunger?« keuchte der Dicke.

»Wie ein Eisbär!« nickte Didi.
»Na also, dann kommen Sie mit. Dank Ihrer Daten sind Sie als der typische deutsche Durchschnittsesser ermittelt worden – der typisch deutsche – und haben den Großen Preis gewonnen – den Großen, ein Festessen für zwei Personen, für Sie und mich!«
Didi schüttelte den Kopf. »Das verstehe ich nicht. Dann müßten doch Tausende von Menschen, die unter meinem Durchschnitt liegen, täglich tot umfallen, weil sie verhungert sind!«
Der Dicke lachte. »Natürlich kann sich auch ein Computer mal irren. Aber freuen Sie sich doch: es hat Sie getroffen – hat es Sie! Und jetzt fahren wir ins Restaurant *Tokio,* japanisch essen. Ich versichere Ihnen, Herr Blümel, solange Sie noch leben, werden Sie an dieses Festessen denken – solange Sie noch leben, werden Sie!«

Rechtsanwalt und Notar Dr. Franz Praetorius war in seiner Heimatstadt ein sehr beschäftigter Jurist, besaß eine umfangreiche Klientel und konnte sich infolgedessen erlauben, saftige Honorare in Rechnung zu stellen.
Wer ihn über Gebühr beanspruchte, mußte ihn natürlich auch über Gebühr bezahlen. Und wer ihn gar auf Reisen schickte, durfte mit Recht von sich behaupten, kein armer Mann zu sein.
Bankdirektor Gustav Möllemann, der mit 84 Jahren

allzu früh Verstorbene, war kein armer Mann, wir wissen es. Folglich war die Reise, die Praetorius von Stuttgart nach Berlin unternehmen mußte, um als Testamentsvollstrecker den letzten Willen des Toten zu erfüllen, nämlich jenen ominösen Dieter Blümel aufzutreiben, ein lukratives Unternehmen. Dennoch bemühte sich der Anwalt, die Reise so kurz wie möglich zu halten, um die Kundschaft zuhause nicht allzu lange warten zu lassen. Deshalb fand er sich bereits am Vormittag nach seinem ersten enttäuschenden Besuch wieder in der Dinkelmannstraße ein, wenige Minuten, nachdem die Reporter, das Fernsehteam und Didi selbst, in Begleitung eines dicken Mannes, vom Schauplatz des blutigen Geschehens verschwunden waren.

Als er den zweiten Hinterhof betrat, ergriff eine alte Frau, die neugierig das kaputte Fenster von Dieter Blümels Wohnung betrachtet hatte, die Flucht.

»Ach, Verzeihung!« rief Praetorius, und die Frau blieb ängstlich stehen. »Ich suche Herrn Blümel, kennen Sie ihn?«

»Achottachottachott!« jammerte die Frau, »Wat is bloß mit den Herrn Blümel los! Der bringt eenen ja det janze Haus in Verruf!«

»Wieso denn? Ist was passiert?«

»Passiert? Det is jar keen Ausdruck. In die Wohnung liejen ja die Leichen gleich massenhaft uff Stapel!«

»Was sagen Sie da?« Praetorius glaubte, nicht richtig verstanden zu haben.

»Achottachott! Unsereens lebt vonne kleene Rente, und zu andere Leute kommt det Fernsehen mit allen Brimborium, nur weil se wen umjelegt haben! Is det jerecht?«
Der Rechtsanwalt warf nun ebenfalls einen Blick durch das Fenster und staunte über das Chaos, das er erblickte. »Hier wohnt Herr Blümel?«
»Also entweder zieht der bald aus – oder ick jeh ins Altersheim. Det hält keener nich mehr aus, achottachottachott!«
»Wo ist er denn?«
»Ick gloobe, den haben die Bullen inkassiert! Jehört sich ja ooch so, man kann doch nich'n Mörder mang uns alle mang frei rumloofen lassen, wa? Drei Tote – hab'n se int Radio jesagt!«
Als Praetorius unschlüssig überlegte, rief die Frau ihm noch zu: »Jehnse ruhig in die Wohnung rin! Die Tür is' uff, und uff eene lumpichte Person mehr oder weniger kommt et nu ooch nich mehr an...« Dann humpelte sie davon.
Der Notar ging nur ein paar Schritte hinein, schon auf dem Flur machte er nach kurzem Umschauen kopfschüttelnd kehrt – und stand plötzlich vor einem elegant gekleideten, etwas aufdringlich wirkenden jungen Mann, der ihm den Weg versperrte.
»He, wo ist Didi?« fragte der Mann.
»Ich bin hier fremd«, sagte Praetorius.
Der Mann stutzte und fing an zu lachen. »Das ist

gut! Nicht von hier – aber in 'ner fremden Wohnung? Wer sind Sie denn?«
»Wer sind denn Sie?«
»Ich bin Mike und ein Freund von Didi, mit dem ich gestern abend verabredet war, aber er ist nicht gekommen!«
»Und ich bin Rechtsanwalt Praetorius, der Herr Blümel –«
Der Mann schien zu erschrecken. »Rechtsanwalt? Na, denn komm' ich 'n andermal wieder. Ist auch nicht so eilig.«
»Um was geht's denn?« fragte Praetorius, und seine Stimme hatte einen strengen Ausdruck.
Aber der elegante, etwas aufdringliche junge Mann war bereits draußen. »Wenn Sie Didi sehen, können Sie ihn ja von Mike grüßen – und er soll mich nicht vergessen, sonst gibt's was!«
Ehe Praetorius fragen konnte, was es denn wann gebe, war der Mann verschwunden.
Puh, sagte sich Dr. Praetorius, das ist kein leichter Fall. Scheint ganz schön tief in der Tinte zu stecken, der Neffe dritten Grades und Alleinerbe von dreißig Millionen ...

Fugu, der Giftfisch aus Japan

Herr Fujikura stand in etwas gebückter Haltung, die Hände abwehrend in Gesichtshöhe, vor den beiden Gästen und bedauerte lebhaft, aber unerbittlich, nichts daran ändern zu können. Das Restaurant *Tokio* werde erst in den Nachmittagsstunden geöffnet, es sei auch noch niemand vom Personal anwesend.

Er unterstrich sein Bedauern mit einem undurchdringlichen Lächeln, dem man die Unehrlichkeit kaum anmerkte.

Titus Möllemann zeigte sich ungerührt. »Haben Sie Fugu, mein Herr?«

»Natürlich haben wir Fugu!« versicherte der Chef. »Tiefgefroren, direkt aus Tokio. Ich bin gern bereit, heute abend für Sie –«

»Aber, aber!« rief Titus. »Wollen Sie uns wirklich so lange warten lassen – wirklich so lange? Wissen Sie eigentlich, wer ich bin?«

Erneute Verbeugung des Japaners. Er habe leider noch nicht die Ehre –

»Aber Sie kennen doch *Schmausen und Schlürfen?*«

»Die berühmte kulinarische Zeitschrift? Gewiß, mein Herr!«
»Nun denn, ich bin deren Chefredakteur – nun denn!«
»Oooooh!« Die Verbeugungen wurden tiefer und schneller. »Welche Ehre für mein Haus!«
»Sagen Sie, Herr –«
»Fujikura!«
»Herr Fujikura, hat Ihr Restaurant schon einen Stern?«
»Nein, nein, leider nicht –«
»Wie wäre es denn – mit zwei Sternen in *Schmausen und Schlürfen«?*
»Ach, wäre das schön! Aber, meine Herren, treten Sie doch näher! Betrachten Sie sich als von mir eingeladen! Ich werde den Fugu höchstpersönlich zubereiten – auch ohne Hilfe meines Personals!«
Mit stolzgeschwellter Brust schob Titus seinen staunenden Begleiter durch die Tür. Dann wandte er sich, ein wenig herablassend, wieder dem Wirt zu.
»Ich hoffe, Herr Fujikura, Sie haben die staatliche Fugulizenz?«
»Aber selbstverständlich, mein Herr! Ich habe eine zehnjährige Spezial-Fugu-Ausbildung mitgemacht, ich verbürge mich mit meiner Ehre für die exquisiteste Zubereitung und das außerordentliche Wohlbekommen!«
Herr Fujikura führte seine Gäste in eine Ecke des Lokals, wo sie sich an einem niedrigen Tischchen

niederließen. Didi vermochte nur mit Mühe seine Beine unterzubringen, während der erfahrene Gourmet Titus sich trotz seines gewaltigen Leibes graziös davorhockte.

Ein wenig ostasiatisch eingeschüchtert, dennoch von nicht zu unterdrückender Neugier geplagt fragte Didi: »Fugu, Fugu? Was ist denn das?«

»Ach, Sie kennen den bekannten japanischen Giftfisch nicht – den bekannten?«

Didi erstarrte. »He, wissen Sie –« sagte er und versuchte seine Beine wieder freizubekommen. »Ich kenne da einen duften Kiosk an der Ecke – prima Buletten . . .«

Lächelnd drückte Titus ihn auf seinen Platz zurück. »Beruhigen Sie sich. Das Gift des Fugu sitzt in seinen Innereien – sitzt das Gift. Man muß sie nur sauber heraustrennen – muß man sie.«

»Aha. Und wenn sie nicht sauber herausgetrennt werden?«

»Dann breitet sich das Gift im ganzen Fisch aus – breitet sich dann. Es ist fünfhundertmal wirksamer als Blausäure.« Titus schnaufte, als sei er selber ein giftiger Fisch, der nur darauf warte, seine Innereien loszuwerden.

»Verzeihung . . .« Didi unternahm einen neuen Fluchtversuch. »Ich glaube, ich habe vergessen, meine Wohnungstür abzuschließen, ich müßte mal eben –«

»Nichts müssen Sie!« lächelte der Herr Chefredakteur. »Nicht einmal Angst haben müssen Sie – nicht einmal. Ich bin nämlich auch ein Fugu-Fachmann. Deshalb werde ich mich jetzt in die Küche begeben – in die Küche – und aufpassen, daß Herr Fujikura alles richtig macht bei der Zubereitung – alles richtig. Es ist eine Delikatesse, oh, Herr Blümel, Sie werden Augen machen – oh, werden Sie!«

Keuchend erhob sich Titus. »Ich werde Ihnen eine Vorspeise bringen lassen und Wein, damit sie Ihren ersten Hunger besänftigen können – ihren ersten!«

Behender, als man seiner Körperfülle zugetraut hätte, richtete sich Titus aus seinem Lotossitz auf, grinste seinen Gast effektheischend an und verschwand in der Küche.

Didi fühlte sich absolut nicht wohl. Einesteils wegen der unbequemen Haltung, zu der ihn der niedrige Tisch zwang, andererseits, weil er noch immer nicht verstand, weshalb ausgerechnet er von der Zeitschrift *Schmausen und Schlürfen* zum »typischen deutschen Durchschnittsesser« des Jahres gekürt worden war. Aber schließlich – hier stand ein Festessen bevor, und sein knurrender Magen ersuchte ihn dringend, alle Bedenken welcher Art auch immer im Interesse seines körperlichen Wohlbefindens sofort zurückzustellen.

Inzwischen sah Titus in der Küche dem Chef des Hauses auf die Fugu-Finger.

»Sie brauchen keine Angst zu haben, mein Herr«, sagte Fujikura, »ich bin wirklich einer der kompetentesten Fuguristen meines Vaterlandes. Wenn ich meine Diplome aus Tokio mitgebracht hätte, würde ich sie Ihnen zeigen.«

Titus beschwichtigte den Mann. Er glaube ihm aufs Wort, und er dürfe ganz beruhigt sein: niemand mißtraue seinem Können. Damit aber sein Gefährte auf das Essen passend eingestimmt werde, möge Herr Fujikura ihm schnell einen Teller Vorspeisen servieren.

»Aber mit dem größten Vergnügen«, versicherte Fujikura und stellte sofort einige Leckerbissen zusammen.

Kaum hatte der Wirt die Küche verlassen, um Didi vor dem Hungertod zu bewahren, als Titus in die Jackentasche griff und ihr ein Kästchen entnahm. In dem Kästchen lag eine Spritze. Diese schob er vorsichtig in die bereits dem Fisch entnommenen Innereien und zog langsam das Gift in die Spritze hinein. Sorgfältig beobachtete er das Glasgehäuse. Als es bis zum Rand mit dem Gift gefüllt war, riß er die Spritze aus den Innereien, säuberte sie und steckte sie ein – mit einem teuflischen Grinsen, wie er bei einem kurzen Blick in den Spiegel nicht ohne Genugtung feststellte.

Dann war es soweit. Auch Titus sprach den vorzüglich mundenden Vorgerichten zu. Schnell hatten sie eine Karaffe erlesenen Weines geleert, eine zweite fast ausgetrunken. In Didis Magen verbreitete sich ein wohliges Gefühl beginnender Fülle.

»Bravo, bravo!« meinte Titus. »Das ist die beste Vorbereitung für den Genuß des Fugu, den man niemals hungrig verzehren darf – das ist die beste! An Fugu sich satt essen zu wollen ist ein Sakrilegium, ein kulinarischer Frevel, der früher, als im alten Japan noch Kultur und Anstand herrschten, mit dem Tode bestraft wurde – als im alten Japan noch! Da sehen Sie, mein lieber Herr Blümel, wie verrottet unsere heutigen Sitten sind – unsere heutigen! Essen und trinken – oder auch schmausen und schlürfen ist zu einer niedrigen Alltagsbeschäftigung geworden – zu einer niedrigen! Hat leider nichts mehr mit Götzendienst oder auch Götterhuldigung zu tun – leider nicht mehr!«

Das war wieder eine jener langen Reden, die Titus nur unter Zusammenballung aller physischen und psychischen Kräfte so einwandfrei über die Lippen brachte. Aber galt diese Anstrengung heute nicht einem höheren, einem hehren Ziel, das aller Mühen und Aufwendungen wert war!

Japanische Musik ertönte plötzlich leise aus unsichtbaren Lautsprechern. Und als sich Herr Fujikura jetzt mit einer Schüssel, die er mit beiden Händen festhielt, näherte, fiel sofort auf, daß er sich eine große Schürze umgebunden und einen Hut aufgesetzt hatte, der an die Kopfbedeckung mittelalterlicher japanischer Geistlicher erinnerte.

»Der Fugu!« sagte er feierlich, stellte die Schüssel ab und verschwand sofort wieder in der Küche.

»Warum fragt er nicht, ob es uns schmeckt?« fragte Didi verstört. »Warum serviert er uns nicht?«
»Auch dies«, belehrte ihn Titus, »ist eine schöne Sitte Nippons. Den Gast nicht belästigen mit Aufdringlichkeit – nicht belästigen. Den Gast mit seinem Genuß allein lassen, ihn nicht stören – höchstes Gebot japanischer Gastfreundlichkeit – oh ja, Herr Fujikura ist ein Großmeister fernöstlicher Dezenz und Rücksichtnahme – oh ja, ist ein Großmeister!«
Didi lallte: »Schon wieder leer – das Dingsda, die Karaffe!«
Titus begann den Fisch zu tranchieren. »Sie haben recht, Herr Blümel! Ach – vielleicht gehen Sie schnell selbst in die Küche und besorgen uns noch eine Flasche –?«
»O.k.«, sagte Didi, stellte sich in abenteuerlichen Verrenkungen auf die Beine und wankte davon. Sofort zog Titus das Kästchen mit der Spritze aus der Brusttasche und applizierte in das Stück Fugu, das er auf Didis Teller gelegt hatte, das Gift. Mit teuflischem Grinsen steckte er die Spritze wieder ein – und da kam Didi auch schon zurück, begleitet von Herrn Fujikura mit einer vollen Karaffe in den Händen.
Titus piekte mit seiner Gabel ein Stück Fleisch auf, roch mit verzückter Miene daran und schluckte es herunter. »Unübertrefflich!« murmelte er, warf dem Wirt, der sich wieder zurückzog, noch einen begeisterten Blick nach und sagte bedeutsam zu Didi:

»Herr Blümel, ich versichere Ihnen, nach diesem Hochgenuß werden Sie auf nichts mehr Appetit haben, mehr noch: Sie werden das Verlangen in sich spüren, nie mehr, niemals mehr auch noch etwas anderes in Ihrem Leben zu essen!«

Didi staunte. Hatte dieser dicke Herr, sein Wohltäter, der eine so eigentümliche Sprechweise besaß, soeben nicht einen riesenlangen Satz einwandfrei von sich gegeben? Und Titus wunderte sich ebenfalls. Aber nicht lange.

Denn in diesem Augenblick sagte Didi, der bereits ein Stück Fisch an der Gabel vor seiner Nase schnuppernd hin- und herwedelte, feierlich: »Dies, mein Herr, ist eine so schöne Stunde, daß mir gerade einfällt, was mir am letzten Genuß noch fehlt. Mir fehlt folgendes: ich weiß, mein Herr, leider nicht Ihren Namen! Wäre es nicht in dieser Stunde der Freundschaft, ja, so möchte ich es fast sagen, ein Beweis großen Vertrauens Ihrerseits, wenn Sie mir endlich Ihren werten Namen nennen würden?«

Titus richtete sich auf, bewegt, erregt: »Ich bitte, oh, Herr Blümel, aufrichtig um Entschuldigung! Gut, daß Sie mich auf meinen Fauxpas aufmerksam gemacht haben – auf meinen! Hatte ich das Wichtigste, was unter gebildeten Menschen üblich, fast doch vergessen – hatte ich doch fast. Nun denn: gestatten – Möllemann! Titus Möllemann!«

Er streckte pathetisch die Hand aus – und mußte in dieser Haltung eine ganze Weile stehenbleiben.

Denn Dieter Blümel, genannt Didi, starrte ihn offenen Mundes an, ohne daß darin die bereitgehaltene Gabel mit dem Stück Fisch verschwunden wäre, wie einen bösen Geist, solange, bis in ihm der Gedanke zu reifen schien, daß es besser sei, Mißverständnisse unverzüglich auszuräumen. Deshalb fragte er leise, ganz ruhig: »Wie, bitte, war Ihr Name?«

»Titus Möllemann!«

Jetzt kam Bewegung in Didi, und zwar sehr schnell. Er raffte sich auf, ließ die Gabel mit dem aufgespießten Leckerbissen auf den Tisch fallen, rief entsetzt »Nein!«, trat ein paar Schritte zurück, wiederholte »Nein, nein!«, flüchtete dann zur Tür und stürzte aus dem Lokal; von der Straße her hörte man ihn noch dreimal schreien: »Nein, nein, nein!«

Die Abendzeitungen brachten es auf der Titelseite, der Rundfunk meldete es in jeder Nachrichtensendung an erster Stelle.

»Rätselhafte Morde in der Dinkelmannstraße – Ehepaar aus Hannover brutal umgebracht – Wie kam die Handgranate auf den Hinterhof? – Ein Totengräber als Täter?«

Und an die letzte Frage knüpfte ein Redakteur, der das Gras wachsen hörte, einen scharfsinnigen Kommentar:

»Pyromanen nennt man Menschen, die an dem krankhaften Trieb leiden, Feuer zu legen, um sich daran sexuell zu erregen. Pyromanen gibt es auch unter übereifrigen Feuerwehrleuten, die allzu lange darauf warten müssen, ihren Beruf auszuüben, es aber mangels Gelegenheit nicht können und nun auf die Idee kommen, ein wenig nachzuhelfen und zu ›zündeln‹. Diese Gedanken schießen uns durch den Kopf, wenn wir vernehmen, daß der tatverdächtige D. B., wohnhaft im Katastrophenhinterhaus Dinkelmannstraße 33, den Beruf eines Totengräbers ausübt... Hat die Polizei bereits recherchiert, ob B. vielleicht arbeitslos ist? Ob er in seinem Beruf nur einen Job sieht oder vielleicht eine höhere Aufgabe, die ihn gleichsam zwingt, sich über diese Tätigkeit Gedanken zu machen, etwa gar Philosophien daran aufzuhängen? Dann böte sich hier ein zwar schrecklicher, aber einleuchtender Grund, ein Tatmotiv von wahrhaft dämonischem Ausmaß...«

Kriminalassistent Langenhagen stürmte mit dieser Zeitung in das Zimmer seines Chefs. »Haben Sie gelesen, Herr Becker?«

Der Kommissar winkte müde ab. »Billiges Gewäsch...«

»Mitnichten, Herr Becker! Ich hatte bereits ähnliche Gedanken. Fanden Sie nicht auch, daß dieser Dieter Blümel im Gesichtsausdruck etwas von jener fehlgeleiteten Sensibilität hatte, die zuweilen auch Sittlichkeitsverbrechern eigen ist?«

»Langenhagen, ich –«

»Auf der Kriminalschule hat uns Professor Schulz-

Eigen, der bekannte Psychiater, auf die faszinierende Übereinstimmung im seelischen Haushalt von Personen hingewiesen, die, obwohl aus unterschiedlichen sozialen Schichten stammend, dennoch durch die Abartigkeit –«

»Mann, hören Sie endlich mit Ihrem theoretischen Quatsch auf! Hier sind drei Morde passiert! Darum geht es!«

»Aber davon rede ich ja die ganze Zeit!« sagte Langenhagen beleidigt.

»Ich frage mich«, meditierte Becker, »ob wir die Vermutung, dieser Herr Blümel seinerseits sei ein Ziel von verbrecherischen Anschlägen, noch länger aufrechterhalten können!«

»Eben nicht, wenn Sie mich fragen!« Langenhagen konnte es nicht lassen, seinem Chef zu widersprechen.

»Dafür braucht man Beweise, mein Lieber!«

»Und was ist mit seinen Alibis? Sind die nicht sehr durchsichtig, um nicht zu sagen, sehr undurchsichtig?«

Das Telefon läutete. Der Überwachungsbeamte Babensiek meldete sich. Aufgeregt teilte er mit, er habe soeben den von ihm beobachteten Dieter Blümel in wilder, japanischer Flucht – »Was erzählen Sie da?« unterbrach ihn Becker, »in japanischer Flucht? was ist denn das?« »Aber nein!« rief Babensiek, »in wilder, ja, panischer Flucht das japanische Restaurant *Tokio* verlassen und weglaufen

sehen. »Soll ich ihn weiter beobachten, Herr Becker?«
»Mann, natürlich, verfolgen Sie ihn!«
»Aha!« rief Langenhagen. »Damit steht eins wenigstens fest: Es bedeutet nichts Gutes!«
»Sehr intelligente Festellung!« lobte der Kommissar. Wenn es nach ihm gegangen wäre, hätte er seinen Assistenten längst gefeuert. Er hatte einen ganz anderen jungen Mann favorisiert, als die Planstelle frei geworden war. Aber hier ging es ja nicht nach dem Willen des Herrn Becker, hier befahl Kriminaloberrat Dr. Offenbach. Der gehörte einer bestimmten Partei an, der gleichen wie Bezirksbürgermeister Langenhagen, der mit einem Sohn geschlagen war, aus dem nichts Rechtes zu werden schien. Nach zwölfjährigem Jurastudium hatte er sich weder für den Anwaltsberuf noch für eine Syndikus-Stelle in der Wirtschaft qualifizieren können. Für einen Beamten jedoch, meinte der Vater, reiche es immer noch, und da er aus dem Fernsehen ganz genau wußte, wie es im Beruf und im Leben eines Kriminalkommissars zugeht, rief er eines Tages seinen Freund Dr. Offenbach an, um ihm einen entsprechenden Wunsch zu unterbreiten. Vier Wochen später hatte Langenhagen junior seine verheißungsvolle Polizeikarriere begonnen, und zwar gleich bei der Mordkommission, um mit seinem großen theoretischen Wissen dem alten Praktiker Becker das Leben schwer zu machen.

»Ich würde meine These, die neuerliche Nachricht über diesen Blümel betreffend, dahingehend erweitern, daß ich –«
Zum Glück klingelte in diesem Augenblick noch einmal das Telefon und enthob den Kommissar der Notwendigkeit, weiter zuhören zu müssen. Diesmal meldete sich der andere Überwachungsbeamte, jener, der Didi bis zum Friedhof verfolgt hatte.
»Tut mir leid, Herr Becker«, sagte er, »meine von Ihnen erwünschten Recherchen sind weitgehend ergebnislos geblieben. Ich habe lediglich einen frischen Kranz ohne Schleife auf dem Grab der kürzlich verstorbenen Sängerin Wilma Walma entdeckt, was unsere Vermutung zu bestärken scheint, daß Intendant Werner Kruse vielleicht doch ihr Geliebter war und ihres plötzlichen Todes wegen –«
»Mann, hören Sie auf!« schrie Becker. »Begeben Sie sich auf der Stelle in das japanische Restaurant *Tokio*, das der gesuchte Blümel soeben verlassen hat. Babensiek ist ihm auf der Spur. Wir wollen wissen, weshalb Blümel das *Tokio* so auffallend schnell verließ! Ende!«
Langenhagens Gesicht bekam einen seltsamen Glanz. »Ach, ist ja interessant! Intendant Kruse, das war mir immer klar, konnte es gar nicht verhindern, daß Wilma Walma –«
»Geschenkt! Geschenkt! Der Fall Walma ist erledigt, jetzt interessiert uns einzig und allein der dreifache Mord in der Dinkelmannstraße, Herr Langenhagen!

Sparen Sie sich Ihren Verstand gefälligst für Dieter Blümel auf!«
»Jawohl, Herr Kommissar!«
Und wieder das Telefon. Der Überwachungsbeamte. »Mord im *Tokio!*« schrie er mit überschnappender Stimme.
Becker sprang auf. »Los, ab! Die vierte Leiche!«
Als Langenhagen hinter Becker die Treppe hinunterlief, wurde er von einem Herrn angesprochen. »Verzeihung, die Mordkommission –?«
»Ja, das bin ich!« sagte Langenhagen stolz.
»Ich bin Rechtsanwalt Dr. Praetorius«, sagte der Herr. »Kann ich Sie einen Augenblick sprechen?«
»Praetorius?« fragte Langenhagen. »Ihr Name kommt mir bekannt vor.«
»Es geht um Herrn Blümel, der in der Zeitung –«
»Blümel?« rief Langenhagen hochnäsig. »Der hat doch kein Geld, was wollen Sie als Anwalt von ihm?«
»Unsinn, Geld spielt keine Rolle –«
»Sehr richtig! Herr Blümel bekommt einen Pflichtverteidiger, und der wird dann schon dafür sorgen, daß er verurteilt wird. Wozu wollen Sie sich die Mühe machen, Herr Doktor?«
»Aber darum geht es doch nicht!«
»Aber uns, mein Herr, aber uns! Wir sind da einer ganz heißen Spur auf der Spur!«
Von unten schrie Becker: »Langenhagen, wo bleiben Sie denn?«

»Ich muß weiter, Herr Rechtsanwalt. Vielleicht sprechen Sie morgen noch einmal vor . . .«

»Wo erreiche ich denn Herrn Blümel?«

Herablassend blickte Langenhagen ihn an. »Sie? Sie wollen ihn finden? Selbst wir haben ihn ja noch nicht!«

»Also komme ich morgen!«

»Ganz wie Sie wollen! Ich hab's eilig! Auf Wiedersehen!«

Kopfschüttelnd blickte Dr. Praetorius dem seltsamen Kriminalbeamten nach, der die Treppe hinunterhastete, dabei ins Stolpern geriet und die letzten Stufen mit einem eleganten Salto bewältigte.

Unten faßte er sich taumelnd an den Kopf, sah sich noch einmal um und rief dem Rechtsanwalt mit etwas kläglicher Stimme zu: »Wie Sie sehen, ich hab's eilig! Eine ganz heiße Spur!«

Ein Mörder,
der sich selbst ermordet

Als Kommissar Becker und sein Assistent das *Tokio* betraten, bot sich ihnen ein aufregender Anblick. Der Beamte, den Becker nach hier beordert hatte – er hieß übrigens Sepp Fusslgang und stammte aus einem Dorf in Oberbayern – befand sich in einem heftigen Handgemenge mit einem muskulösen Japaner der einen gefährlich aussehenden langen Dolch vor seiner Nase blitzen ließ.

»Um Gotteswillen!« schrie Langenhagen und hielt sich die Hand vor die Augen, weil er doch kein Blut sehen konnte. Sein Chef Becker hingegen stürzte sich todesmutig auf die Kämpfer, umklammerte den rasenden Japaner mit so eisernem Griff, daß er den Dolch fallen lassen mußte, worauf Fusslgang eiligst Handschellen aus der Tasche zog und sie seinem Gegner anlegte.

»Danke, Herr Becker«, keuchte der Beamte. »Das war Hilfe im letzten Augenblick!«

»Hab' ich Sie jemals im Stich gelassen?« lächelte der Kommissar. »Aber nun erzählen Sie mal! Warum wollte der Mann Sie umbringen?«

»Mich doch nicht! Sich!«
Becker betrachtete kopfschüttelnd den Japaner, der sich apathisch auf einen Stuhl fallen ließ. »Aber warum, um Himmelswillen?«
»Na, wegen des Toten, Herr Kommissar!«
Ein Aufschrei Langenhagens ließ die beiden zusammenzucken. Der Assistent war, als er sich schaudernd abwandte, über etwas gestolpert, das sich bei näherem Hinsehen offenbar als ein Toter entpuppte.
»Da!« stammelte Langenhagen und zeigte hinter sich. »Eine Leiche!«
»Haben Sie schon den Arzt verständigt?« fragte der Kommissar.
»Nein. Es war unmöglich, weil ich zuerst diesen Verrückten bändigen mußte!«
Langenhagen hatte sich zusammengerissen, seine Phantasie ging schon wieder mit ihm durch. »Herr Becker, damit hätten wir den Täter! Warum wollte er sich umbringen? Natürlich um seinen Mord an diesem Mann zu vertuschen, den er gerade niedergemetzelt hatte.«
»Soso. Niedergemetzelt. Schauen Sie ihn sich doch mal an, den Toten! Liegt er etwa in einer Blutlache?«
Nein, er lag in keiner Blutlache. Er lag ganz friedlich da, allerdings verrieten seine gräßlich aufgerissenen Augen, daß sein Tod vielleicht doch mit Schmerzen verbunden gewesen war.
»Na, wie dem auch sei, Herr Kommissar – unser Dieter Blümel dürfte damit rehabilitiert sein.«

»Ach nee! Warum hat er denn fluchtartig dieses Lokal verlassen? Fusslgang, fragen Sie mal den Japaner, ob wir uns ein bißchen mit ihm unterhalten können. Und Sie, Langenhagen, rufen sofort den Arzt und unsere Leute.«
Der Japaner war so weit vernehmungsfähig, daß er seinen Namen Fujikura nennen und sich als Besitzer des Lokals vorstellen konnte. Nach dem Hergang des Vorfalls befragt, versicherte er zunächst, ein friedfertiger Mensch zu sein, seit achtzehn Jahren in Berlin lebend und mit großem Erfolg dieses Spezialitätenlokal betreibend.
»Aber jetzt ist meine Ehre zerstört! Ein Gast in meinem Lokal tot umgefallen! Der erste Gast, der in meinem Lokal tot umgefallen ist! Welche Schande für meine Familie und mich! Mir bleibt keine andere Wahl, bitte, binden Sie mich los und geben Sie mir den Dolch zurück. Ich muß Harakiri begehen!«
»Ach, Harakiri sollte das sein!« rief Fusslgang. »Ja, warum haben Sie das nicht gleich gesagt!«
»Verehrter Herr Fujikura«, sagte Becker mit einer tiefen Verbeugung, denn er kannte sich in ostasiatischen Höflichkeitsformen ein wenig aus, »leider darf ich nicht zulassen, daß Sie sich der irdischen oder auch himmlischen Gerechtigkeit entziehen, bevor Sie uns nicht alles gesagt haben, was Sie wissen. Wir benötigen dringend Ihre Zeugenaussage. Ist diese vorüber, wird sich hoffentlich herausgestellt haben, daß Ihre Ehre unangetastet geblieben ist und daß Sie

sich zum Weiterleben entschließen können. Es wäre doch jammerschade, wenn der große Freundeskreis Ihres erlesenen Restaurants in Zukunft auf Sie und Ihre berühmte Kochkunst verzichten müßte!«
»Oh«, sagte der Japaner erfreut und verbeugte sich bis zum Erdboden. »Sie sind sehr freundlich, Herr Kommissar!«
»Und Sie, Herr Fujikura«, sagte Becker, seinen Diener noch tiefer ausführend, »Sie werden jetzt so liebenswürdig sein und uns alles erzählen!«
Nach dem Austausch dieser Höflichkeitsfloskeln nahm Becker dem Wirt die Handschellen ab, und sie setzten sich an eines der niedrigen Tischchen.
Langenhagen stürmte herein. »Der Arzt ist unterwegs!«
Und nun berichtete Fujikura, daß vor drei Stunden zwei Herren in seinem zu diesem Zeitpunkt noch geschlossenen Restaurant erschienen wären und ihn um die Zubereitung des japanischen Spezial-Fisch-Gerichts Fugu gebeten hätten. Er sei diesem Wunsch erst nachgekommen, als er hörte, daß es sich bei dem einen Herrn, dem Toten, um den Chefredakteur des für jeden Gastronomen wichtigen Gourmet-Magazins *Schmausen und Schlürfen* gehandelt habe, dessen Gunst er, Fujikura, auf keinen Fall verscherzen wollte. Deshalb habe er persönlich die Anfertigung des Fugu-Gerichts vorgenommen.
»Fugu? Fugu?« grübelte Becker. »Ist das nicht etwas Giftiges? Ich habe da mal was gelesen . . .«

»O ja, Herr Kommissar! Sehr, sehr giftig! Und nur Könner wie ich oder andere staatlich geprüfte Fuguristen sind in der Lage, diesen außerordentlich schmackhaften Fisch gefahrlos zuzubereiten.«
»Demnach ist dieser Herr also vergiftet worden?«
»Es scheint so – und das würde das Auslöschen meiner Ehre bedeuten, können Sie das nicht verstehen?«
Ja, nun verstand Becker schon besser. Und sofort ließ er sich die Besonderheit dieses Fisches erklären, die Heraustrennung der giftigen Innereien und die Zeremonie auf dem Teller, die nach alter Sitte nur der Gast selbst vornehmen dürfe.
»Wo hatten Sie die Innereien dieses Fisches?«
»In einer Schüssel in der Küche. Sie werden nach dem Servieren sofort verbrannt.«
»Verbrannt?«
»Ja, im Küchenabfall wären sie viel zu gefährlich. Das Fugu-Gift verliert erst nach vierundzwanzig Stunden seine Kraft.«
»Aber beim Menschen wirkt es sofort?«
Der Japaner nickte. »Wer es zu sich nimmt, fällt auf der Stelle tot um.«
»Wie jener Herr vom *Schmausen und Schlürfen?*«
»So ist es.«
Der Kommissar ließ sich nunmehr den Begleiter des Toten beschreiben. Ohne Zweifel, es mußte Dieter Blümel gewesen sein. Aber weshalb war er weggelaufen?

»Ich hörte den Herrn plötzlich rufen«, sagte Fujikura. »Ich eilte aus der Küche herbei, weil ich glaubte, ich sei gemeint, aber man achtete gar nicht auf mich. Der Herr rief immer wieder ›nein, nein‹ und lief auf die Straße. Der andere Herr, der Tote, war aufgesprungen – pardon, da lebte er natürlich noch – versuchte, seinen Begleiter zu beschwichtigen, aber es nützte nichts. Dann setzte er sich wieder an den Tisch, aß weiter – und plötzlich, ich sah ihn noch fallen und eilte ihm zu Hilfe, war er tot...«

Der Japaner stöhnte herzzerreißend und hielt sich die Hände vor die Augen.

Nachdenklich trat der Kommissar an den Tisch, auf dem noch die Teller mit den Speisen standen. »Hier ist nichts geändert worden?«

»Nicht durch mich«, sagte Fusslgang.

»Durch mich auch nicht«, bestätigte der Japaner.

»Wo saß der andere?« fragte Becker.

»Hier, auf dieser Seite. Ihm gegenüber der Tote. Aber da fällt mir ein –« Fujikura stutzte plötzlich, überlegte und schüttelte den Kopf.

»Was fällt Ihnen ein?«

»Als der Herr, also der spätere Tote, sich wieder hinsetzte und weiteraß – saß er da nicht auf der anderen Seite –?«

»Auf Herrn Blümels Stuhl?« fragte gespannt Langenhagen. »Aha! Das wäre der Beweis, Herr Becker!«

»Was für ein Beweis?«
»Daß nur Blümel der Täter sein kann! Er hatte seinen Fisch vergiftet und durch sein Davonlaufen den anderen dazu gebracht, sich an Blümels Platz zu setzen. Äußerst raffiniert, Herr Becker!«
»Soso, finden Sie?«
»Der Fall ist klar! Der Rest ist Routine!«
Der Kommissar schüttelte den Kopf. »Mann! Beweist dies nicht gerade das Gegenteil? Könnte nicht der andere den Fisch von Blümel vergiftet haben, um ihn umzubringen?«
»Aber dann würde er den Fisch doch nicht selber essen! Es sei denn, er wäre ein Selbstmörder!«
Der Japaner hob die Hand. »Wenn ich mir eine Bemerkung erlauben darf: Der Tote schien mir so aufgeregt zu sein, daß er alles durcheinandergebracht hat. Vielleicht wußte er plötzlich gar nicht mehr, wo er zuerst gesessen hatte?«
Die Lokaltür wurde aufgerissen, Polizeibeamte traten ein, unter ihnen der Arzt. Nach kurzer Begrüßung zeigte Becker auf den Toten. »Doktor, der Mann scheint vergiftet worden zu sein. Können Sie mal nachsehen?«
Der Arzt untersuchte ihn nachdenklich. Als er sein Herz abhorchte, spürte er einen festen Gegenstand in der Brusttasche des Toten. Er zog ihn hervor – es war ein Kästchen. Er öffnete es, sah die Spritze, roch daran und hielt sie Becker hin: »Sehen Sie mal, Herr Kommissar ...«

»Ach nee, interessant!«
»Nicht anfassen!«
Becker winkte den Lokalchef heran. »In dem Glas dieser Spritze sind ein paar helle Tropfen. Könnte das Fugu-Gift sein?«
Fujikura betrachtete interessiert die Spritze, lief plötzlich in die Küche und kam mit einer Schüssel wieder, in der Fischreste schwammen.
»Was ist das?« fragte der Kommissar.
»Die Eingeweide des Fugu!«
Erschrocken wich alles zurück. Der Japaner hielt die Spritze neben die Schüssel und verglich die Flüssigkeiten. Dann nickte er, und ein Lächeln zog über sein Gesicht. »Herr Kommissar, wenn das stimmt, wenn dieser Herr ein Mörder ist, dann brauche ich um meine Ehre nicht zu fürchten! Habe ich recht?«
»Sehr recht, Herr Fujikura!« Becker verbeugte sich tief. »Ich habe das Gefühl, daß es sich hier um einen Mord handelt, den der Mörder an sich selbst begangen hat . . .«
»Also doch ein Selbstmord!« rief Langenhagen vorlaut.
»Mensch hören Sie doch zu, was ich sage! Ein Mörder, der sich selbst ermordet, muß noch kein Selbstmörder sein! Hier scheint jemand in eine Falle gegangen zu sein, die er einem anderen gestellt hatte.«
»Wie schon das Sprichwort sagt«, nickte Langenhagen. »Wer anderen eine Grube gräbt, fällt selbst hinein!«

»Womit Sie ausnahmsweise einmal recht hätten, verehrter Herr Sherlock Holmes!«
Ein Beamter brachte dem Kommissar die Brieftasche des Toten.
Becker schlug den Personalausweis auf – und ließ seine Hand mit dem Dokument fassungslos sinken.
»Das darf doch nicht wahr sein ... Langenhagen, wissen Sie, wie der Tote heißt?«
»Nein, woher denn?«
»Haben Sie keine Vermutung?«
»Ja, wenn Sie mich so fragen und wenn ich witzig sein wollte – aber ich habe das Gefühl, daß Sie meine Witze nicht sonderlich lieben, Herr Becker –, dann würde ich mir zu sagen erlauben: Der Tote heißt Möllemann!«
»Er heißt Möllemann«, sagte der Kommissar. »Titus Möllemann!«

Wie von Furien gehetzt, war Dieter Blümel planlos durch die Straßen gelaufen, bis er einen Park erreichte und sich dort auf die erste beste Bank fallen ließ. Tief atmend versuchte er seine wirren Gedanken zu ordnen.
Was war denn geschehen? Doch nichts Schlimmeres, als daß ein ihm völlig unbekannter Mann ihn zum Essen in ein japanisches Spezialitätenrestaurant eingeladen hatte. Zwar hatte Didi nicht verstanden, weshalb in einem Staat, der sich noch immer in der

ganzen Welt des Rufes eines »Wirtschaftswunderlandes« erfreute, ausgerechnet er, der professionelle Hungerleider, als »typischer deutscher Durchschnittsesser« ermittelt worden sein sollte. Aber, bitte, angenommen, dies entspräche der Wahrheit, und *Schmausen und Schlürfen* schien ja wohl eine durchaus kompetente Zeitschrift zu sein (auch wenn er sie selbst noch nie zu Gesicht bekommen hatte) –, das Bestürzende daran war in diesem Zusammenhang der Name des Herrn, der sich ihm als Chefredakteur des Blattes vorgestellt hatte.

Möllemann, Titus Möllemann.

Didi nahm sich vor, jetzt einmal ganz scharf nachzudenken. Also, wie war das noch ...

Seine Mutter, die viel zu früh gestorbene gute Frau, war, wenn er sich richtig erinnerte, eine geborene Möllemann. Sie hatte dem Buben manchmal von ihrer Verwandtschaft erzählt, von wunderlichen, nicht sonderlich begabten Leuten, deren Spezialität es war, in keinem ihrer ursprünglich erlernten Berufe auszuharren. Gab es da doch einen gelernten Zimmermann, der als erfolgloser Immobilienhändler gestorben war! Einen Pastor, den es zur christlichen Seefahrt gezogen hatte – aber nicht als Geistlicher, sondern als Steuermann. Daß ein früherer Berufsoffizier Journalist geworden war, schien nicht weiter sensationell: über den promovierten Mediziner jedoch, der als Ballettänzer in

der Operette gelandet war, hatte sich die gesamte Sippe das Maul zerrissen.
Das alles waren Möllemanns, aber kaum einen hatte Didi persönlich gekannt. Die Möllemanns hatten immer mit sich selbst so viel zu tun, daß ihnen keine Zeit übrigblieb, sich um nahe oder gar entfernte Verwandte zu kümmern. Dies hatte seine Mutter zwar manchmal beklagt, aber dann schnell hinzugefügt: »Wer weiß, wofür es gut ist! Am Ende muß man noch für die Bande aufkommen . . .«
Ein unfreundliches, aber sehr deutliches Wort, das dem Knaben Didi nicht mehr aus dem Kopf gegangen war.
Um so unverständlicher dünkte es ihn, daß die Möllemanns plötzlich wie eine geballte Ladung in seiner unmittelbaren Umgebung auftauchten und so etwas wie Schicksal in seinem Leben zu spielen begannen. Noch weniger verständlich, weshalb sie, kaum daß sie Gelegenheit gehabt hätten, sich ihm vorzustellen oder ihm zu sagen, was sie von ihm wollten, schon als Leichen bei ihm herumlagen, vor dem Fenster oder in seinem Bett. Ein Otto Möllemann, von einer Handgranate zerrissen, eine Florentine Möllemann, zusammen mit ihrem Mann Rüdiger ermordet – aus welchem Grunde hatten sie Didis Nähe gesucht?
Und weil seine Nerven aus diesen und vielen anderen Gründen nicht mehr die besten waren, hatte es ihn mit unwiderstehlicher Macht in dem Augenblick von dem niedrigen japanischen Tischchen weggeris-

sen, in dem der freundliche Gastgeber seinen Namen nannte: Möllemann, Titus. Und das ausgerechnet in einer Situation, die Didi endlich die Chance zu geben schien, sich einmal nach Herzenslust satt zu essen. Der Fisch, dieser seltene Fugu, hatte köstlich geduftet. Ein Jammer um die liegengebliebene große Portion ...

Babensiek, der Überwachungsbeamte, ging zeitungslesend im Park auf und ab, überlegend, was für finstere Gedanken die von ihm beobachtete Person in ihrem Gehirn bewegen mochte. Als er sah, daß Dieter Blümel plötzlich aufsprang und weiterlief, eilte er zu seinem Auto zurück, um ihn nicht aus den Augen zu verlieren.

Die Erinnerung an das verpaßte Festmahl hatte Didi endlich dazu gebracht, einen Entschluß zu fassen. Der Entschluß lautete: ich muß jetzt um jeden Preis etwas Geld verdienen.

Er kannte eine Autoreparaturwerkstatt in seinem Wohnbezirk. Deren Besitzer hatte ihn manchmal beschäftigt, wenn Not am Mann war. Zum Beispiel als Tankgehilfe, beim Wagenwaschen oder bei leichten Reparaturen.

Im Grunde verstand Didi nicht viel von Kraftfahrzeugen. Aber Hunger macht manchmal erfinderisch und wortgewandt. Dann war er fähig, mit einem Redeschwall Leute, die Arbeit zu vergeben hatten, davon zu überzeugen, daß er, Dieter Blümel, der einzige Mann auf der Welt sei, der für diese Arbeit

überhaupt in Frage käme, und manchmal wurde ihm dies tatsächlich geglaubt.
»Ach, Didi«, sagte heute der Meister, »tut mir leid, aber es ist auch rein jarnischt zu tun, und det bisken, wat anfällt, hab' ick verjeben.«
»Der Hof muß dringend gefegt werden!« sagte Didi.
»Aber det macht doch der Lehrling nach Feierabend. Jehört zu seinen Pflichten!«
»Und nächste Woche, Meister? Wie sieht es in der nächsten Woche aus?«
Der Chef zuckte die Achseln. »Weeß ick noch nich. Sie könn' ja mal vorbeikommen, aber versprechen kann ick nischt.«
Ein Herr hatte inzwischen das Werkstattgelände betreten und sah sich unschlüssig um.
Traurig wollte Didi nach Hause gehen, als er den Herrn fragen hörte: »Hätten Sie mal jemand, der mir den Motor nachsehen könnte? Er gibt so seltsame Geräusche von sich!«
»Warten Sie«, sagte der Meister. »Ich höre es mir mal an.«
»Mir wäre lieb, wenn Sie eine Probefahrt mit mir machen könnten.«
»O nee, tut mir leid, det jeht nich. Ick bin im Augenblick allein in der Werkstatt. Aber warten Sie mal – he, Didi!« rief er über den Hof. »Wenn Sie Zeit haben, fahren Sie doch mal mit dem Herrn eine Runde. Er hat was am Motor!«
»Aber gern! Wo stehen Sie denn?«

»Auf der Straße.«

Der Herr bat ihn, sich ans Steuer zu setzen und genau auf die Geräusche des Motors zu hören. Sie fuhren an, Didi lauschte angespannt. »Ich höre nichts!« sagte er.

»Ja, nicht in Kurven. Aber beim Geradeausfahren!«

Didi fuhr geradeaus. Dann dirigierte ihn der Herr rechts um die Ecke, links um die Ecke, wieder geradeaus. Komisch, alles klang ganz normal.

»Das ist ja wie verhext!« rief der Herr. »Vorhin hat mich das ganz nervös gemacht!«

»Ach, so was kommt vor!« lachte Didi. »Manchmal weiß man nie, woran man ist!«

»Na, fahren Sie noch zweihundert Meter und dann stop – vor dem großen dunklen Haus!«

Didi tat wie gewünscht, hielt vor dem Haus und blickte den Herrn beruhigend an. »Ja, scheint alles in Ordnung zu sein!«

»Stimmt!« sagte Babensiek, der Überwachungsbeamte. »Und nun steigen Sie bitte aus, Herr Blümel, und kommen Sie mit!«

»Aber, nanu, nanu?« stotterte Didi, »Sie kennen mich? Und wohin soll ich denn mitkommen?«

»Zu Kriminalkommissar Becker. Er möchte Sie gern sprechen.«

Geständnis oder nicht Geständnis?

Didi hatte eine grauenhafte Nacht hinter sich.
Die Sonne war längst aufgegangen, sie lachte in die Fenster der Mordkommission und wunderte sich, die sonst so gemächlichen und erst viel später zum Dienst erscheinenden Beamten an diesem schönen Morgen schon so aktiv zu sehen. Kommissar Becker hatte dunkle Bartstoppeln im Gesicht, Assistent Langenhagen vor Müdigkeit gerötete Augen. Dennoch wurden sie nicht müde, dem Mann, den sie nun schon eine ganze Nacht lang verhörten, die immer gleiche Frage zu stellen: »Was haben Sie mit der Ermordung von vier Möllemanns zu tun?«
Und von Dieter Blümel kam die immer gleiche Antwort: »Nichts!«
Als Didi sich gestern abend, durch den Beamten Babensiek auf so unfaire Weise überrumpelt, von seinem ersten Schreck erholt hatte, packten ihn – in dieser Reihenfolge – Angst, sodann Enttäuschung und schließlich die Wut. Damit hatte er sich in eine Stimmung versetzt, in der man glaubt, nichts mehr verlieren zu können. In der man sich sagt: Tiefer

geht's nimmer, jetzt kann es nur noch aufwärts gehen. In dieser Trotzphase beschloß Didi, den Mund nur noch zu öffnen, um zu essen, nicht um auszusagen.

Als sich Kommissar Becker mit geheuchelter Gemütlichkeit ihm gegenüber am Schreibtisch niederließ und sagte: »Und nun zu Ihnen, mein lieber Herr Blümel!« hatte Didi nach einem Bleistift gegriffen und auf einen Zettel die Worte geschrieben: »Ich habe Hunger!«

»Nanu?« fragte Becker amüsiert. »Sind Sie plötzlich stumm geworden? Versagen die Stimmbänder?«

Und Didi hatte geschrieben: »Ich sage kein Wort, bevor ich nicht etwas zu essen bekommen habe!«

Der Kommissar hatte genickt. »Recht haben Sie. Und wenn Sie auch in Ihren Aussagen so konsequent bleiben, kommen wir alle bald ins Bett!«

Aber sie kamen nicht bald ins Bett. Und daran war Kriminalassistent Langenhagen schuld. Natürlich, wer auch sonst?

Als Langenhagen Dieter Blümel genußvoll essen sah – belegte Brote, dazu Kaffee, Bier gab es nicht in der miserablen Kantine – lief ihm das Wasser im Munde zusammen. »Haben Sie keinen Hunger, Herr Becker?« fragte er. Becker nickte, er hatte Hunger, und also gingen die beiden essen, und das dauerte sehr lange. Das war die erste unnötige Verzögerung.

Als sie wiederkamen und den Aufsichtsbeamten

wegschickten, sah Didi sie böse an: »Na, endlich!« Worauf Langenhagen sich empörte: »Das überlassen Sie gefälligst uns – die Art, wie wir taktisch vorgehen!«
Grund genug für Becker, wieder einmal den Kopf zu schütteln.
Und plötzlich ging Didi aufs Ganze. (Ihm war inzwischen eingefallen, irgendwo einmal gelesen zu haben, daß Angriff die beste Verteidigung sei.)
»Herr Kommissar, ich habe Ihren Beamten nur begleitet, um meine Sitte abzuholen. Ich brauche sie dringend.«
»Ihre was?«
»Die Sittengeschichte!«
»Nackte Weiber und so?« fragte Langenhagen lüstern.
»Was wollen Sie damit? Sie wissen doch, daß wir die Bücher als Corpus delicti eingezogen haben?«
»Als was ist mir egal! Wenn Sie sie bezahlen, bin ich einverstanden. Wo krieg' ich das Geld?«
»Langsam, langsam, junger Freund –«
»Ich brauche es dringend, um meine Karriere in der Literaturbranche weiter auszubauen. Das geht nicht ohne Investitionen, wie Sie sich denken können.«
Ganz geschickt, der Junge, dachte Becker belustigt.
»Na, nun lassen Sie mal die Sittengeschichte, wo sie ist. Jetzt kommen wir zum Thema. Also: was haben Sie mit den toten Möllemanns zu tun? Woher kennen Sie die?«

»Ich kennen keinen von Ihnen. Nie gesehen, nie gehört!«
»Aber gezuckt, Herr Blümel, aber gezuckt!«
»Wie bitte?«
»Alles vergessen? Haben Sie nicht gezuckt, als Sie zum erstenmal den Namen Möllemann bei uns hörten? Bei der ersten Leiche, einem gewissen Otto Möllemann? Nicht gezuckt, wie?«
»Ich bin für ein etwaiges Zucken in meinem Gesicht nicht verantwortlich.«
»Na schön, lassen wir das. Wie kommt es aber, daß sich ausschließlich Möllemanns bei Ihnen seit einigen Tagen die Klinke in die Hand drücken?«
»Ich habe keinen eingeladen.«
»Und plötzlich, Herr Blümel, liegen vier Leichen in der Gegend herum?«
Erstaunt blickte Didi auf. »Vier? Wieso vier? Können Sie nicht bis drei zählen?«
Eine so freche Antwort empörte den Assistenten. Ehe Becker etwas sagen konnte, herrschte er den Verhörten an: »Nicht unverschämt werden, Herr Blümel! Und jetzt zählen wir mal zusammen bis vier: Otto Möllemann – Nummer eins. Florentine Möllemann, geborene Starkmann – Nummer zwei!«
»Umgekehrt!« warf Becker ein.
Langenhagen stutzte. »Wieso? Bei mir kommt noch immer zwei nach eins!«
»Quatsch! Umgekehrt: Florentine Starkmann, geborene Möllemann!«

»Na, sag ich doch! Nummer drei – Rüdiger Starkmann! Nummer vier – Titus Möllemann –«
»Was?« rief Didi, sprang auf, stützte sich an der Schreibtischkante und wurde totenblaß. »Der auch? Tot?«
Erstaunt wechselten Becker und Langemann Blicke. Etwas unsicher begann der Kommissar: »Hören Sie, Blümel, ich bin gern bereit, auf Ihre Scherze einzugehen. Doch was zuviel ist, ist zuviel!«
»Aber – aber –«, stotterte Didi, »ist das denn wahr? Dieser – dieser Titus Möllemann – von *Schmusen und Schürfen* –.«
»*Schmausen und Schlürfen*«, belehrte ihn Langenhagen.
»– ist auch gestorben?«
»Gestorben ist gut«, sagte Becker. »Ermordet. Vergiftet.«
»Nein, nein, nein . . .« Didi ließ sich wieder auf den Stuhl fallen.
»Sie wollen uns doch nicht einreden, das nicht gewußt zu haben«, rief Langenhagen mit überkippender Stimme. »Als Sie aus dem *Tokio* flüchteten, lag der Tote bereits neben Ihnen! Wollen Sie das bestreiten?«
Becker warf seinem Assistenten einen warnenden Blick zu. Nicht übertreiben, Freundchen, schien er sagen zu wollen.
Log dieser Blümel oder log er nicht? Spielte er Theater vor oder nicht? Gehörte er zu jener Sorte abge-

feimter, abgebrühter Verbrecher, die es selbst angesichts des Todes fertigbringen, sich zu verstellen und den reinen Toren zu spielen?
Eigentlich sah er nicht danach aus. Aber wer vermochte schon einem Gangster ins Herz zu blicken, sofern er überhaupt ein solches besaß?
Didi fühlte sich zerschlagen wie nach einem Marathonlauf. Und sein ganzes Verteidigungskonzept, das er sich zurechtgelegt hatte, schmolz plötzlich dahin wie Butter in der Sonne.

Er war drauf und dran gewesen, seine um zahllose Ecken existierende Verwandtschaft mit der Sippe der Möllemanns zuzugeben. Herr Kommissar, hatte er sagen wollen – vielleicht sogar mit einem überlegenen Lachen – Herr Kommissar, nun will ich Ihnen mal reinen Wein einschenken, und Sie werden sehen, daß alle Anschuldigungen gegen mich aus sämtlichen verfügbaren Fingern gesaugt wurden. Meine Mutter, Herr Kommissar, war eine geborene Möllemann – was sagen Sie nun? Folglich werde ich doch nicht auf die Idee kommen, meinen eigenen Angehörigen, auch wenn sie mir unbekannt sind, am Zeuge zu flicken?
Und der Kommissar wäre aufgesprungen, hätte Didi umarmt und ihm versichert, daß nach diesem mutigen offenen Wort der Stein, der ihm am Herzen festgesessen, endlich von diesem gefallen sei. Eine verwandtschaftliche Auseinandersetzung, eine

familiäre Meinungsverschiedenheit, vielleicht etwas derb ausgefallen. Auf jeden Fall Dieter Blümel voll rehabilitiert – Dürfen wir Sie zum Essen einladen, Herr Blümel? Ich glaube, das ist die Mordkommission Ihnen schuldig!

Nein, nein, nein. Diese Lösung lag plötzlich in weiter Ferne. Wenn er jetzt, nachdem ein vierter Möllemann den Bach hinuntergegangen war, wie man so pietätlos sagte, zugegeben hätte, er sei ein entfernter Verwandter der Toten, hätte nur noch eine Theorie ins Konzept der Kriminalpolizei gepaßt:

Hier haben wir es mit einem wahnsinnigen und rachsüchtigen Massenmörder zu tun, der sich in den Kopf gesetzt hat, eine ganze Sippe auszurotten. Und der Gerichtspsychiater hätte gewiß den alten Freud zitiert mit seinem Odysseus-Komplex von wegen der Mutterliebe – oder hatte das mit dem ollen Ödipus und seinen Verwandtenmorden zu tun? – und nachgewiesen, daß zwar verminderte Schuldfähigkeit berücksichtigt werden müsse, dennoch die ganze Härte des Gesetzes einen Menschen zu treffen habe, den allein der Name Möllemann so sehr in Weißglut versetze, daß er zu Handgranate, Maschinenpistole und Fugugift greife, um die Träger des verhaßten Namens auszulöschen – was notabene für alle noch überlebenden Möllemänner mit erheblicher Verunsicherung verbunden sei, so daß der Massenmörder zeitlebens hinter Schloß und Riegel gehöre – Hohes Gericht, ich habe gesprochen!

Was soll ich tun, fragte sich Didi verzweifelt? Geständnis oder nicht Geständnis? Daß er nichts Unrechtes begangen hatte, wußte er selbst am besten. Ob also das »offene Wort« vielleicht nicht doch der richtige Ausweg aus dieser vertrackten Situation gewesen wäre?
Doch in diesem Augenblick hatte der Meisterpsychologe Langenhagen ungeduldig gesagt: »Ja, Blümel, wenn Sie nicht endlich Ihre Verbrechen in vollem Umfang eingestehen wollen, obgleich ich Sie längst überführt habe, kommen wir nie zu Bett!«
Gut, sagte sich Didi ergrimmt, dann nie!
Zwar hatte Becker seinem Assistenten sofort heftig auf den Fuß getreten, aber den Fauxpas, diese Superleistung an Ungeschicklichkeit, vermochte er damit nicht gutzumachen. Didi war hörbar eingerastet, hatte ein Visier über sein Gesicht gezogen und während der ganzen Nacht nur noch »Nein!« gesagt. Das hatte ihm gestattet, sich auf dem Stuhl einer Art Halbschlaf hinzugeben, während seine beiden Quälgeister ihre Fragesätze immer richtig formuliert und gutüberlegt von sich geben mußten, dazu waren sie von Amtes wegen verpflichtet – oder?
Gegen acht Uhr früh stagnierte das Verhör. Der Kommissar schien in Gedanken seine Taktik zu überprüfen, als das Telefon klingelte. Anscheinend

rief eine hochgestellte Persönlichkeit an, denn Didi sah, daß Becker eine regelrechte Verbeugung an der Strippe ausführte.
»Ah, guten Morgen, Herr Bürgermeister – nein, nein, bis jetzt ist noch nichts dazugekommen – nur vier Tote – selbstverständlich sind wir um schnellste Aufklärung bemüht – ja, Ihren Sohn, gewiß – Herr Langenhagen, Ihr Herr Vater wünscht Sie zu sprechen!«
»Sofort!« rief der Assistent. Er stand am Waschbekken, trocknete sich die Hände ab und übernahm den Hörer. »Guten Morgen, Papi! – Ja, toll, was? Die ganze Nacht! – Mir geht's prächtig, ich lerne eine ganze Menge. Kommissar Becker sagt immer, so einen wie mich hat er hier noch nie gehabt! – Ja, danke, grüß Mutti!«
Becker hatte die Gelegenheit benutzt, aus dem Zimmer zu verschwinden. Der Assistent kehrte zum Waschbecken zurück, hielt seinen Kopf unter das fließende Wasser und begann sich die Haare einzuschäumen.
Didi stand auf und trat hinter ihn. »Ach, interessant, Herr Langenhagen ...«
»Was ist interessant?«
»Sie haben zum Teil trockene, zum Teil fettende Haare!«
»Ja, nicht wahr? Ist mir auch schon aufgefallen! Das erschwert das Waschen ungemein!«
»Weil Sie es falsch machen!«

Erstaunt wandte sich Langenhagen ihm zu, ohne seine Stellung unter dem Wasserhahn zu verlassen. »Verstehen Sie etwas davon?«
Didi lächelte. »Hatte ich nicht gesagt, daß ich ausgebildeter Visagist und Stylist bin?«
»Tatsächlich?«
»Es gibt einen kleinen Trick, mit dem Sie Ihr Haar ein für alle Male regenerieren können . . .«
»O bitte, verraten Sie ihn mir!«
»Bier! Aber nur eine ganz bestimmte Marke!«
»Welche?«
Didi hob bedauernd die Hände. »O Verzeihung, das ist ein kleines Berufsgeheimnis . . .«
»Ja, verstehe . . . Schade, hätte ich furchtbar gern gewußt!«
»Das ist kein Problem«, versicherte Didi. »Gleich neben dem Präsidium ist ein kleines Bierlokal. Dort gibt es die bewußte Marke. Aber Sie müssen das Bier in dem Augenblick aufs Haar geben, in dem die Schäumung einen gewissen Grad erreicht hat – jetzt zum Beispiel . . .«
»Ach, wie dumm!«
»Wissen Sie was, Herr Langenhagen? Wenn Sie mir ein bißchen Geld geben, hole ich Ihnen die ganz bestimmte Marke sofort.«
»O ja, da wäre ich Ihnen sehr dankbar! Aber – Sie müssen sofort wiederkommen, damit Herr Becker nicht schimpft.«
»Ist doch selbstverständlich, Herr Langenhagen!

Vertrauen gegen Vertrauen! Es geht ja auch um Ihr Haar!«
Der Assistent band sich ein Handtuch um das nasse Haupt und griff zu seiner Brieftasche. »Hier, zehn Mark! Der Rest ist für Sie!«
»Vielen Dank! Dann bringe ich mir auch ein Bierchen mit. So eine Nacht macht durstig . . .«
Didi verließ ungehindert den Raum. Langenhagen nahm das Handtuch ab und stellte sich wieder unter den Wasserhahn.
Als der Kommissar zurückkam, blickte er sich erstaunt um. »Was machen Sie denn da?«
»Ich wasche mir die Haare wie jeden Morgen!«
»Ach nee. Und wo ist Blümel?«
»Gleich wieder da. Er ist so freundlich, mir ein Bier zu holen, ein ganz bestimmtes für mein Haar. Wußten Sie, daß er ausgebildeter Stylist ist?«
»Ein was?«
»Stylist! Ein Haarkünstler!«
Becker ließ sich auf seinen Stuhl fallen. »Und Sie, verehrter Langenhagen, soll ich Ihnen sagen, was Sie sind? Aber dafür finde ich in der Kürze der Zeit leider keine ausreichende Bezeichnung, nicht mal eine deutsche. Nur soviel: Sie sind entlassen!«
Entsetzt richtete Langenhagen sich auf. »Entlassen? Wie soll ich denn das meinem Vater erklären?«
»Da haben Sie auch wieder recht. Und ich meinem Chef. Also gut – nicht entlassen. Aber bringen Sie mir sofort den Blümel zurück!«

»Ja, wie denn, Herr Becker? Mit nassen Haaren? Da hole ich mir doch den Tod!«
»Wenn er es doch täte«, flüsterte Becker, aber er verschluckte den Satz.
Fünf Minuten später, nachdem er sein Haar gefönt hatte, bequemte sich Langenhagen, sich auf die Suche nach Didi zu machen. Auf der Treppe begegnete ihm abermals Rechtsanwalt Dr. Praetorius, der einen neuen Versuch unternehmen wollte, mit der Kriminalpolizei in Kontakt zu kommen.
»Ach, Sie schon wieder?« fragte Langenhagen harmlos.
Der Rechtsanwalt war wütend. Er schwenkte eine Zeitung. »Können Sie mir vielleicht erklären, was Herr Blümel mit diesen Morden zu tun hat? Überführt ist er offenbar nicht, aber die Zeitungen äußern sich ja nicht gerade zurückhaltend.«
»Wissen Sie, Herr Rechtsanwalt«, sagte der Assistent, »ich habe da meine eigene Theorie. Wenn ich sie Ihnen einmal kurz erklären dürfte –«
»Für Theorien habe ich jetzt keine Zeit. Ich muß sofort Herrn Blümel sprechen. Haben Sie ihn noch immer nicht erwischt?«
»Aber natürlich! Pausenloses Verhör, die ganze Nacht!«
»Na also, wo ist er«
»Bier holen.«
»Bier holen? Und bei mir geht es um Millionen!«

Langenhagen drehte sich um. »Wen interessiert das schon?«
»Ganz bestimmt Herrn Blümel. Ich habe ihm einen wichtigen Brief geschrieben! Wissen Sie nichts davon?«
»Einen Brief?« Langenhagen stutzte. »Da kommen wir der Sache schon näher. Wie sah der Brief denn aus?«
»Herr! Was für eine Frage! Wie sieht ein Brief schon aus? Auf jeden Fall hatte er meinen Namen als Absender!«
Langenhagen faßte in seine Tasche. »Moment mal ... Ist es vielleicht der hier?«
»Wie kommen Sie zu dem Brief? Ist ja unerhört!«
»Den haben wir bei Blümel beschlagnahmt. Überzeugen Sie sich bitte davon, daß er noch ungeöffnet ist, machen Sie uns also keine unberechtigten Vorwürfe!«
»Geben Sie ihn mir sofort her!«
Langenhagen lachte. »Den Brief Ihnen? Wie käme ich denn dazu! Er ist an Herrn Blümel gerichtet, und Herr Blümel wird ihn in Empfang nehmen, sobald sich seine Unschuld herausgestellt hat! Oder auch seine Schuld, auf Wiedersehen!« Sprach's und schritt gemessen und würdig die Treppe hinunter. Das Spektakel eines Salto Mortale wollte er diesem komischen Rechtsverdreher nicht noch einmal bieten.

Ein Countdown beginnt

Es wäre ein Wunder, wenn Albert Möllemann, der erfolglose Erfinder aus Düsseldorf, nicht ebenfalls die Idee gehabt hätte, nach Berlin zu fahren, um den mysteriösen Alleinerben Dieter Blümel näher zu betrachten. Insofern unterschied er sich nicht von seinen Vettern und Cousinen – pardon, seiner Cousine. Daß dieser auffällige Drang nach der einstigen Reichshauptstadt nicht etwa das Resultat erfolgreicher Touristenwerbung des Berliner Senats gewesen ist, haben wir mit Bedauern zur Kenntnis genommen. Die Motive der Möllemanns sind unbestritten nicht die allerlautersten. Nun ja: wer seit Jahren auf eine todsichere Erbschaft wartet und plötzlich seine reichen Felle davonschwimmen sieht, braucht eine Weile, um sich von der Enttäuschung zu erholen. Und wenn man gar erkennen muß, daß purer Schabernack und Altersstarrsinn den greisen Erbonkel zu dem verheerenden Entschluß gebracht haben, sein Vermögen auf leichtsinnige Weise an einen kleinen Taugenichts zu verplempern, statt es, wie es sich gehörte, den sinnvollen Weg klassischer Erbfolge

wandern und seriösen Nachkommen als Einkommen zukommen zu lassen, dann – ja, dann kann man nicht anders: man muß eingreifen.
Um der Gerechtigkeit willen. Oder auch, wie der Franzose sagt: pour corriger la fortune.
Gerechtigkeitsfanatiker waren die Möllemanns schon immer. Schließlich ging es ihnen um vernünftige Ziele. Titus zum Beispiel, der Kochkunstkritiker, benötigte – das schien ihm vom Schicksal vorgeschrieben – dringend ein Hotel, um in dessen Rahmen seine Aufgabe, der Menschheit Gaumenfreuden zu vergrößern, erfüllen zu können. Florentine, ebenfalls ganz klar, hatte schließlich nicht umsonst jahrelange Entbehrungen auf sich nehmen müssen und einen Waschlappen von Mann neben sich geduldet – sie durfte zu allererst auf Wiedergutmachung pochen. Und Otto? Hatte Otto, der Legionär, den tödlichen Gefahren seines Berufs sich bis jetzt unverletzt zu entziehen vermocht, nur um im Alter als armer Mann dazustehen? Was ebenso für seinen Zwillingsbruder Emilio galt, obgleich sie sich haßten: auch Mafiosi brauchen Entschädigung für ein aufreibendes Leben zwischen Aktion und Versteck. Albert Möllemann schließlich – Albert durfte als Erfinder über jeden Verdacht erhaben sein, sich an und mit seinen Patenten bereichern zu wollen; ein Genie, dem erst durch die Nachwelt die rechte Würdigung zuteil wird, hat um so mehr vor seinem Tod Anspruch auf eine gesicherte Rente.

Gerechtigkeitsfanatiker lassen nicht nach im Glauben. Sie gehen von ihren Forderungen nicht ab, schon gar nicht, solange sie Möllemänner sind. Ungeschickt nur, daß sie ihre Aktivitäten verzettelten. Hatten ihre verschwörerischen Mienen in der Stunde nach der Testamentseröffnung noch zu den schönsten Hoffnungen auf Einigkeit und gemeinsames Vorgehen berechtigt, so waren diesen Blicken und geheimen Gedanken leider keine entsprechenden Taten gefolgt. Das läßt zweierlei Deutungen zu: Entweder mißtraute einer dem anderen, wurde folglich krasser Egoismus zur Triebfeder ihres Handelns, oder aber jeder sagte sich in einsamem, selbstlosem Entschluß: *du* mußt es machen im Interesse der anderen, einer für alle – es lebe die Solidarität der Gerechtigkeitsfanatiker!
Albert Möllemann, um auf diesen zurückzukommen, war als Erfinder der geborene Einzelgänger. Gleich nach seiner Rückkehr aus dem Sterbehaus des Onkels hatte er einen Entschluß gefaßt und in die Tat umgesetzt. Von Freunden lieh er sich ein ausgedientes Wohnmobil und installierte darin eine Mini-Abschußrampe für seine »Eil-Transport-Taube«, von der er inzwischen ein verbessertes Modell konstruiert hatte, den Prototyp *ETRATA 2*. Dieser war in der Lage, erheblich schwerere Lasten zu befördern und mußte außerdem nicht mehr »von Hand« bedient werden; er verfügte jetzt über eine elektronische Steuerungsanlage. Diese Anlage, einem großen

Fernsehapparat gleichend, montierte Albert in dem Wohnmobil, das ihm dennoch genug Platz zum Schlafen ließ, und konstruierte ein Schiebedach, ebenfalls automatisch zu bewegen, durch dessen Öffnung mit wenigen Handgriffen die Abschußrampe lanciert werden konnte. Zweifellos: ein Meisterstück, eine geniale Erfindung. Daß Albert dennoch zögerte, sie schon jetzt zum Bundespatent einzureichen, hatte einen triftigen Grund: er wollte das Gerät zuvor im praktischen Einsatz erproben, und zwar in Berlin.

Längst hatte Lisa, seine Gattin, ihn wieder verlassen. Als er mit leeren Händen von der Testamentseröffnung heimgekehrt war, hatte es einen kurzen, aber handfesten Krach zwischen den Eheleuten gegeben mit dem Resultat, daß Lisa wieder einmal die Koffer packte und zu ihren Eltern zog. Albert war es recht, so konnte er ungestört seine Vorkehrungen treffen. Um ehrlich zu sein: in dieser Zeit dachte er mehr an Babsie als an seine Frau. Das war gewiß ungehörig, aber verständlich im Hinblick auf die seltsamen Umstände, unter denen Babsie verschwunden war. Nach dem Tode des Alten, zu dem sie so herzerfrischend beigetragen hatte, hätte sie doch wieder nach Düsseldorf kommen können, wo tausend offene Arme sie erwarteten. Aber nein, Babsie blieb unsichtbar, so heftig Albert sie sich auch herbeisehnte – aus erstens diesem, zweitens jenem Grund.

Eines Tages hatte er gepackt und war aufgebrochen,

fuhr durch die DDR nach Westberlin, machte die Dinkelmannstraße ausfindig und parkte sein Wohnmobil gegenüber der Torausfahrt des Hauses Nr. 33. Dann kaufte er Zeitungen, um sich zu informieren – und wäre vor Schreck beinahe aus seinem Vehikel gefallen.

Denn was er hier in den Zeitungen las, das ließ ihm die Haare zu Berge steigen und die Knie weich werden.

»Mord!« schrien die Schlagzeilen. »Vierfacher Mord!« – »Ausrottung einer Familie?« – »Polizei steht vor einem Rätsel!« – »Verdächtiger verhaftet und pausenlos verhört!« Dann eine Reihe Fotos aus Personalausweisen mit der Unterschrift: »Wer kennt sie, die auf so grauenhafte Weise hier ums Leben kamen?« Eine sehr hohe Belohnung sei bereits ausgesetzt.

O ja, der Mann, dem sich die Haare sträubten, kannte nicht nur die Namen der Opfer jenes noch nicht überführten Täters, der in den Berichten »ein gewisser D. B. aus der Dinkelmannstraße« genannt wurde. Und er kannte diesen D. B., wenn auch nicht persönlich, um keinen anderen konnte es sich handeln.

Und da, die Fotos: das selbstbewußte Gesicht des Fremdenlegionärs Otto, die verfettete Fratze von Vetter Titus, das ausdruckslose Antlitz der Florentine und die Leidensmiene ihres unterdrückten Gatten Rüdiger.

Sie alle tot? Entsetzlich! Und dennoch vermochte Albert den sofort in ihm auftauchenden Gedanken nicht ganz zu unterdrücken: Was willst du eigentlich? Drei Erben weniger...
Das Urteil über Dieter Blümel aber mußte auf der Stelle korrigiert werden. Bei diesem »Neffen dritten Grades« irgendwo »an den äußersten Ästen des Stammbaums« schien es sich keineswegs um einen harmlosen Taugenichts zu handeln, sondern um einen ausgekochten Verbrecher von internationalem Format. Dem war es offenbar sofort aufgefallen, als entfernte Verwandte ihm erblüstern auf die Pelle rückten. Der hatte nicht lange gefackelt und zugeschlagen – furchtlos zugeschlagen: per Handgranate und Gift. Erbarmungslos, ohne Rücksicht auf Namen und Verwandtschaftsgrad.
Albert schüttelte den Kopf. Die lieben Vettern und Madame la Cousine hatten es ja reichlich eilig gehabt, ihre finsteren Pläne zu realisieren. Sie alle waren vor ihm in Berlin eingetroffen und hatten natürlich unabhängig voneinander gearbeitet. Daß Otto, dieser gefürchtete Afrikakrieger, als erster zu Fall gebracht worden war, wunderte Albert am meisten. Mit einer Handgranate französischer Herkunft getötet – das konnte nur Ottos eigene Waffe gewesen sein!
Nachdem Albert lange genug um die ihm völlig gleichgültigen Verwandten getrauert hatte, wurde ihm bewußt, daß er Grund hatte, sich die Hände zu

reiben. Wie gut, daß er nicht als erster am Ball gewesen war! Wer weiß, wie es ihm ergangen wäre! Die schlimmen Erfahrungen, die die Toten gemacht hatten, kamen ihm jetzt zugute. Und plötzlich war er fest davon überzeugt, daß der Plan, den er ausgeheckt hatte, der beste und todsicherste von allen war. Denn er würde es nicht nötig haben, Dieter Blümel aufzusuchen und ihn zum offenen Kampf herauszufordern. Er würde sich nicht wie die andern die Hände schmutzig machen, nicht selber handeln müssen – er ließ für sich handeln.
Voller Vorfreude auf den zu erwartenden, heiß ersehnten Reichtum reckte sich Albert und streckte die steifen Knochen. Dabei sah er aus dem Fenster des Wohnmobils – und zuckte zusammen.
Wer kam denn da die Straße entlang, sehr eilig, mit einer Tragetasche in der Hand? Dieses harte Gesicht, die stechenden Augen, der brutale Zug um den Mund – nicht nur an der unverkennbaren Familienähnlichkeit identifizierte Albert seinen Vetter dritten Grades, nein, die ganze Erscheinung dieses Mannes strotzte vor Skrupellosigkeit und Gewalttätigkeit! Das war er also, der vierfache Möllemann-Mörder! Wie er unruhig seine Blicke über die Straße schweifen ließ, sich dabei häufig auf den Hacken um sich selbst drehend, als versuche er, einem unsichtbaren Feind zu entgehen! Das personifizierte schlechte Gewissen schlich an den Häuserfronten entlang! Ja, wahrlich, dachte Albert und versteckte sein Gesicht

hinter der kleinen Gardine, wer möchte einem solchen Schlagetot in die Quere kommen?
Unvorstellbar, daß Onkel Gustav diesem entarteten Verwandten jemals persönlich begegnet wäre! Man konnte viel gegen den alten Herrn sagen, nicht aber, daß er einen schlechten Geschmack gehabt hätte...
Jetzt blieb der Kerl an einem Zeitungsladen stehen und studierte die Schlagzeilen. Und diesen Augenblick benutzte Albert, um sein genau vorbereitetes Unternehmen abfahren zu lassen. Der Countdown lief an...
Vorsichtig öffnete er die Wagentür und warf ein goldenes Feuerzeug so geschickt auf den gegenüberliegenden Bürgersteig, daß es genau an der Toreinfahrt liegenblieb.
Dieter Blümel hatte kopfschüttelnd die Zeitungen überflogen und dann seinen eiligen Weg fortgesetzt. Als er in den Torweg einbiegen wollte, stolperte er über das Feuerzeug. Überrascht sah er sich um, vergewisserte sich, daß er nicht beobachtet wurde, steckte das goldene Ding in die Tasche und verschwand in seinem Haus.
Albert rieb sich die Hände. Ein wichtiger Programmpunkt konnte abgehakt werden, fast der wichtigste. Auf jeden Fall der schwierigste.
Stand sein Vorhaben nicht unter einem ganz besonders günstigen Stern? Wie wäre es sonst möglich gewesen, daß sein Opfer, über das in den Zeitun-

gen zu lesen war, es sei verhaftet und werde pausenlos verhört, plötzlich mutterseelenallein durch die Dinkelmannstraße laufen konnte, also ganz offen nach Hause ging? War dieser Blümel entlassen worder oder etwa ausgerissen?

Was für ein Glück! War Albert doch soeben erst am Zielort eingetroffen, darauf vorbereitet, viele Tage lang auf die Chance warten zu müssen, den Countdown anlaufen zu lassen! Und nun ging alles viel schneller als erwartet.

Albert schaltete die Elektronik seines Kontrollgerätes ein. Geheimnisvolle helle Fäden liefen über die dunkle Mattscheibe. Im Zentrum der Fäden, wie eine Spinne im Netz, hockte ein leicht vibrierendes leuchtendes Klümpchen. Darauf starrte Albert in ungeheurer Spannung.

Das Klümpchen war das Feuerzeug. Genauer: sein kostbarer Inhalt, der von Albert in schöpferischen Nachtstunden entwickelte Minisender...

Zur gleichen Stunde traf in der Reparaturwerkstatt, die Dieter Blümel manchmal ein wenig Arbeit zuschanzte, ein großer amerikanischer Wagen mit italienischem Kennzeichen ein. Sein donnerndes Motorengeräusch zog sofort die Aufmerksamkeit des Kfz-Meisters auf sich, der mit schmerzlichem Lächeln näherkam.

»Prego, signore –«, sagte der Mann am Steuer, ein

ziemlich wüst aussehender Ausländer mittleren Alters. Neben ihm saß ein anderer, auch nicht gerade vertrauenerweckender Mann, der mit einem Schwung, als sei er angetrunken, den Wagen verließ und näherkam. »Wir haben nämlich ein kleines Malheur...«, sagte er.

»Soll ich mal raten, was Sie haben?« fragte der Meister belustigt.

»Na, ob Sie das rauskriegen?«

»Ich möchte wetten, daß Ihr Auspuff nicht mehr der allerbeste ist!«

»Gewonnen, Meister! Und zur Belohnung dürfen Sie diesen kleinen Schaden sofort beheben!«

Der Meister lachte. »Klein? Sie sind gut! Das hört sich an, als sei die ganze Anlage im Eimer, nicht nur der Auspufftopf!«

Der Fremde baute sich breitbeinig vor dem Werkstattchef auf. »Hören Sie mal, mein Bester! Was an dem Auto alles kaputt ist, interessiert mich einen Dreck. Ich weiß nur, daß Sie den gesamten Schaden in ein paar Stunden behoben haben werden. Verstanden?«

»Ach nee!« rief der Meister empört. »Da wissen Sie mehr als ich! Heute geht's überhaupt nicht, ich habe keinen Mann frei. Frühestens morgen!«

»Morgen sind wir bereits in Sizilien. Und zwar mit diesem Auto! Noch immer nicht kapiert?« In den Augen des Fremden blitzte es plötzlich so gefährlich, daß der Meister erschrak, und beulte sich unter der

Jacke des Mannes nicht etwas, das wie eine Pistole aussah?
Der Meister, legte sich auf die Erde und betrachtete den Schaden. »Scheint tatsächlich nur der Topf zu sein!« Er stand auf, klopfte sich den Staub ab. »In drei Stunden, denke ich . . .«
»In zwei Stunden!« sagte der Fremde scharf.
»Also gut, ich versuch's!«
Der Ausländer stieg aus, rief dem anderen etwas Unverständliches zu, dann schlenderten sie davon, nicht ohne noch einmal zwei finstere Blicke zurückzuwerfen.
Unangenehme Typen, dachte der Meister. Nee, mit so was soll man sich gar nicht erst anlegen.

Es war Didi gelungen, in seiner verwüsteten Wohnung eine Stelle freizumachen, an der er einigermaßen gemütlich frühstücken konnte. Er packte die Tragetasche aus: zwei Flaschen Bier (jene »ganz bestimmte Marke«), Brötchen, Wurst, Käse, Tomaten – eigentlich bekam man doch 'ne ganze Menge für zehn Mark, jedenfalls genug, um sich sattzuessen.
Mit vollem Magen konnte man auch besser nachdenken. Da wurde der Kopf nicht abgelenkt, und Entschlüsse ließen sich unbefangener fassen.
Aber was für Entschlüsse gab es in dieser Situation überhaupt noch zu fassen?

Didi war ausgerissen. Wie nannte man das bei der Polizei? Aus der Untersuchungshaft getürmt? Aber er war doch kein Untersuchungsgefangener! Die hatten ihn ja nicht einmal verhaftet, sondern nur mit einem üblen Trick ins Präsidium gelockt! Verstieß so etwas nicht gegen das Grundgesetz? Die Würde des Menschen ist unfaßbar – oder so ähnlich . . .

Nein, das war keine Flucht, das war eine Eigeninitiative zur Pflege des Selbstbewußtseins. Man durfte sich nicht alles gefallen lassen. Und überhaupt: er hatte nichts verbrochen. Er hatte niemanden umgebracht. Er konnte jedermann mit reinem Gewissen in die Augen schauen. An seinen Händen klebte weder Blut noch Unrecht, nur ein bißchen Käse, aber das ließ sich abwischen. Das einzige, was Didi bedauerte, war die Enttäuschung, die er dem Herrn Langenhagen hatte bereiten müssen. Der stand vielleicht jetzt noch mit geschäumten Haaren unter der Wasserleitung. Hoffentlich erkältete er sich nicht. Und der Kommissar, der Herr Becker, der schäumte gewiß auch . . .

Ach was, Didi beschloß zu vergessen, was er heute alles an Unangenehmem erlebt hatte, und zur Tagesordnung überzugehen. Und auf der stand ganz obenan: Arbeitssuche.

Es klopfte. Didi öffnete.

Ein kleiner Junge stand draußen. »Sie sollen sofort zum Meester kommen, er hat Arbeet für Sie! Aber muß sofort sin!«

War das nicht der Sohn vom Reparaturwerkstattbesitzer?
»Ich komme, Junge! Kannst mich gleich mitnehmen!«
Na also, es gab noch ein gütiges Geschick! Für Didi stand der Himmel wieder offen.
Er warf sich seinen Monteuranzug über und verließ mit dem Jungen die Wohnung.
Didi konnte nicht wissen, daß sein plötzlicher Aufbruch in dem Wohnmobil, das auf der anderen Straßenseite parkte, hektische Aktivität auslöste. Albert warf seinen Jules-Verne-Roman in die Ecke, sprang ans Steuer, startete und folgte Didi und dem Jungen in vorsichtigem Abstand.
Er schaltete den Bildschirm ein, bediente die Regler. Der leuchtende Punkt erschien, bewegte sich langsam weiter.
Albert nickte zufrieden. Ja, das Feuerzeug funktionierte und funkte noch. Und es saß an der richtigen Stelle.

Wenn zwei einem Dritten die Grube graben ...

Der Wagen stand auf der Hebebühne. Unter ihm hockte, Blut und Wasser schwitzend, Dieter Blümel, der Super-Fachmann. Verdammt noch mal, wie demontierte man denn einen Auspufftopf? Und wie ersetzte man ihn durch den neuen Topf, der griffbereit neben Didi lag? Der einzige Unterschied zwischen dem kaputten und dem heilen Teil bestand für Didi darin: der kaputte war total verrostet, der heile glänzte hübsch sauber und appetitlich.

Natürlich hätte er reinen Wein einschenken müssen! Lieber Meister, hätte er sagen müssen, ich habe noch nie ein Auto von unten gesehen, geschweige denn einen defekten Auspufftopf gegen einen funktionierenden ausgetauscht. Aber er hatte den Mund gehalten, weil er einerseits dringend auf den Lohn angewiesen und weil andererseits der Meister nicht nur sehr beschäftigt, sondern obendrein sehr nervös und barsch gewesen war. »In anderthalb Stunden müssen Sie fertig sein!« hatte er gesagt.

Didis Antwort: »Aber Meister, nichts leichter als das! Sie kennen mich doch!«

In der nächsten Stunde hörte man Didi eifrig klopfen und hämmern. Die Arbeit schien ihm glatt von der Hand zu gehen. Sang er nicht sogar dabei? Ja, er sang, um seine Angst zu übertönen und sein Herzklopfen nicht zu vernehmen.
Pünktlich nach zwei Stunden fanden sich die beiden italienischen Herren wieder ein. Alfredo ging in die Halle, um nach dem Wagen zu sehen. Schon nach wenigen Sekunden kam er zurück, im Laufschritt, mit aufgeregtem Gesicht.
Er zog seinen Gefährten zur Seite. »Emilio, weißt du, wer an unserem Wagen arbeitet? Der Mann, den wir suchen!«
»Dieter Blümel? Bist du sicher?«
»Ganz sicher! Die Visage vergesse ich nicht!«
Emilio überlegte. Diesmal durfte der Kerl ihnen nicht entkommen, eine so günstige Gelegenheit kehrte nicht wieder.
»Hast du dein Werkzeug bei dir?«
Alfredo nickte.
»Alles?«
»Alles!«
»Auch die Plastikbombe?«
»Auch die . . .«
»Paß auf . . .« Emilio, ein Mann kurzer, brutaler Entschlüsse, hatte bereits einen Plan. Er befahl Alfredo, in dem Wagen die Bombe anzubringen. Sie würden von Dieter Blümel eine Probefahrt verlangen. Schließlich hatte er ihnen zu beweisen, daß die Repa-

ratur einwandfrei durchgeführt war. Und dann, während er noch allein im Wagen saß –

»Du verstehst?« fragte Emilio.

»Aber sicher! Initialzündung!«

Der Meister eilte herbei, auf die Uhr sehend. »Alles fertig! Kleinen Moment! – Didi! Herkommmen!«

Von oben bis unten beschmutzt, schlich Didi über den Platz. Nichts wäre ihm jetzt lieber gewesen als ein kleines Erdbeben oder ein Vulkanausbruch. Aber damit durfte man in Berlin wohl nicht rechnen.

Alfredo machte Emilio ein Zeichen und ging zum Auto.

»Fertig, Didi?«

»Alles bestens, Meister!« Plötzlich erkannte Didi den Auftraggeber. Erfreut begrüßte er ihn. »Ach, Sie sind das? Das hätte ich früher wissen müssen...«

Emilio tat, als erinnere er sich kaum noch an ihre Begegnung in der Friedhofsklause. Dann aber schüttelte er ihm freundschaftlich die Hand. »Ja, wenn *Sie* sich meines Wagen angenommen haben...«

»Sie waren so freundlich zu mir...« Didi klopfte das Herz. Wie unangenehm.

»Leider haben wir es sehr eilig«, sagte Emilio. »Darf ich um eine Probefahrt bitten?«

»Selbstverständlich«, sagte der Meister. »Steigen Sie ein!«

»Nein, nein. Bei uns zu Hause ist es üblich, daß derjenige, der die Reparatur vorgenommen hat, die Probefahrt allein macht!«

»O.k. Also Didi, hol' den Wagen und dreh' eine Runde!«
»Ich?« Die blanke Angst leuchtete aus Didis Augen. Schon beim Anlassen des Motors würde man hören, daß das brüllende Geräusch noch immer da war. Und der kaputte Auspuff auch ...
Alfredo kam zurück, Emilio zuplinkernd.
»Machen Sie mir inzwischen die Rechnung fertig«, sagte Emilio zum Meister.
Didi faßte sich plötzlich mit beiden Händen an den Kopf. »O, mir ist ganz schwindelig. Ich glaube, mein altes Nervenleiden ...«
»Aber die Probefahrt werden Sie doch noch machen!« rief Emilio.
»Nein, nein, ich fürchte –«
»Ich muß aber darauf bestehen!«
»O Gott, ich glaube, ich werde blind, was ist mit meinen Augen los?«
Kopfschüttelnd hatte sich der Meister an die Kasse begeben. »Darf ich um Ihren Namen bitten, mein Herr?«
»Möllemann«, sagte der Kunde. »Emilio Möllemann aus Palermo.«
Dieter Blümel, der soeben noch behauptet hatte, kurz vor der Erblindung zu stehen, glaubte plötzlich, auch seinen Verstand verloren zu haben. Hatte dieser Mensch nicht den Namen Möllemann genannt? Unmöglich, das war die Ausgeburt der eigenen Phantasie, das waren die überreizten Nerven, die in

diesen aufregenden Tagen aus allem immer nur das eine heraushören wollten: Möllemann, Möllemann. Aber da fragte der Meister laut und deutlich: »Herr Möllemann, zahlen Sie bar oder mit Scheck, Herr Möllemann?«
Eine Täuschung war nicht möglich. Als er das begriffen hatte, lief Didi plötzlich, quer über den Platz auf die Halle zu, in der das Unglücksauto zwar nicht repariert, aber fahrbereit stand. Er sprang hinein, warf den Motor an, versuchte mit zusammengebissenen Zähnen das gräßliche Heulen des kaputten Auspufftopfes zu überhören, gab Gas und verließ mit der größten ihm und dem Wagen möglichen Geschwindigkeit donnernd die Werkstatt.
Mit offenen Mündern starrten der Meister und die beiden Italiener ihm nach.
»Was ist los?« zischte Emilio. »Warum passiert noch nichts?«
»Keine Ahnung«, flüsterte Alfredo.
»Ja, Didi, um Gotteswillen!« rief der Meister. »Was ist denn bloß in den Kerl gefahren?«
»Nennen Sie das etwa eine Reparatur?« brüllte Emilio. Er gab seinem Gefährten einen Stoß. Sie liefen auf den Mercedes des Meisters zu, sprangen hinein und jagten ihrem entschwundenen Wagen nach.
Der Meister konnte nur noch tiefgekränkt aufstöhnen, bevor er den Glauben an das Gute in dieser Welt endgültig verlor.

Albert Möllemann glaubte seinen Augen nicht trauen zu dürfen, als der helle Punkt auf seinem Bildschirm, der sich zwei Stunden lang nicht gerührt hatte, plötzlich in Bewegung geriet. Und da sah er auch schon vor sich einen schweren Wagen aus der Werkstatt kommen und mit wackelndem Auspuff die Straße entlangknattern. Ehe Albert sein Wohnmobil gleichfalls in Bewegung setzen konnte, verließ ein Mercedes den Hof und folgte dem ersten Auto. Albert schloß sich an, zu dritt nahmen sie Kurs auf die Außenbezirke der Stadt.

Emilio bremste Alfredos Tempo. »Nicht einholen, um Gottes willen! Abstand wahren!«

Alfredo stieß eine nicht endenwollende Serie italienischer Flüche aus. Wann flog denn das Ding endlich in die Luft?

Didi schlug mehrere Haken, um den Verfolger abzuschütteln. Erfolglos, die Italiener blieben ihm auf den Fersen. Nur seltsam, daß sie keine Anstalten machten, ihn zu überholen, was ihnen ein leichtes gewesen wäre. Sie hätten ihm den Weg abschneiden können, warum taten sie es nicht?

Wohin fuhr er eigentlich? Fieberhaft überlegte Didi, während er ziellos einmal rechts, einmal links abbog. Viel zu spät kam ihm der Gedanke, Kurs aufs Polizeipräsidium zu nehmen, sich in Schutzhaft zu begeben, Kommissar Becker anzuflehen, den gefährlichen Vogel festzunehmen, der hinter ihm herflog und sich Möllemann nannte wie all die andern, die jetzt als Leichen Didis Weg säumten. Viel zu spät – er hatte längst die Orientierung verloren und keine Ahnung mehr, wo er sich befand. Er wußte nur das eine: der dunkle Mercedes, in dem sich möglicherweise der Meister befand, den er so schmählich hintergangen hatte, mit größerer Wahrscheinlichkeit jedoch der Italiener Möllemann mit seinem finsteren Begleiter, durfte ihn nicht einholen.

Da plötzlich – ein Rummelplatz. Musik, fröhliches Treiben, heitere Menschen, Karussells, ein Riesenrad, Geisterbahn, Würstchenbuden, Haut den Lukas. Unzählige Fahrzeuge, Wohnwagen, Sattelschlepper, Kleinbusse, Personenautos. Nirgendwo ein Parkplatz frei, auf dem man sich unauffällig hätte einreihen können.

Didi mußte im Schritt fahren. Trotzdem kam der Mercedes kaum näher an ihn heran. Er schien einen bestimmten Abstand nicht verringern zu wollen.

Auch das Wohnmobil steuerte im Schneckentempo durch die Menschenmassen. Längst hatte Albert entdeckt, daß er nicht der einzige Verfolger Dieter Blümels war. Das konnte ihm nur recht sein, um so unauffälliger ließ sich sein Plan verwirklichen.

Er lachte siegessicher. Das Opfer konnte ihm nicht mehr entkommen. Ganz offensichtlich hoffte Blümel, sich in diesem Trubel verstecken zu können. Keine schlechte Idee – seinen Verfolger im Mercedes mochte er sich damit vielleicht vom Halse hal-

ten, nicht aber Albert, das Superhirn, den Universal-Erfinder!
Dieser hatte sein Objekt jetzt zwar aus dem Auge verloren, nicht aber vom Bildschirm. Gemächlich steuerte Albert sein Fahrzeug an den Rand des Rummelplatzes, wo er eine Wiese entdeckte, auf der er das Wohnmobil anhielt. Sofort traf er alle Vorbereitungen für das große Ereignis.
Ein Knopfdruck: das Schiebedach öffnete sich summend. Ein Hebel herumgeworfen: die Mini-Abschußrampe hob sich langsam, schob ihre glitzernden Schienen durch das offene Dach und rastete an diesem ein. Albert öffnete eine große Kiste, vorsichtig hob er das Herzstück seiner Erfindung heraus, seinen ganzen Stolz: die *ETRATA 2,* eine fast echt wirkende Kunststofftaube mit einem Hohlraumbauch, der bis zum Rand mit Sprengstoff gefüllt war! Verzückt betrachtete der Erfinder sein Meisterwerk, küßte es, herzte es.
»Mein ein und alles«, flüsterte er, aufkeimenden Wahnsinn im Blick, »Täubchen du, das mich reich machen wird und unabhängig – fliege nun deiner Wege, du wirst es finden, das Ziel, das ich dir befohlen habe, todsicher wirst du es finden! Adieu – und toi-toi-toi, mein Herz!«
Er setzte die *ETRATA* auf die Halterung der Rampe, streichelte sie noch einmal, bediente einen Schalter. Die Taube ließ ein leichtes Zischen vernehmen, glitt leichtfüßig über die Schienen ins Freie, schwang sich

auf in den dunkler gewordenen Abendhimmel und entschwand Alberts brennenden Blicken, einen kaum merklichen Rauchschweif hinter sich herziehend.
Von nun an konzentrierte er sich nur auf den Bildschirm.
Da – der hellgelbe, leuchtende Punkt, das war sein Feuerzeug, alias Dieter Blümel. Unten am Bildrand das winzige blaue Quadrat, das war er selbst, das Wohnmobil, alias Albert Möllemann. Punkt Blümel schob sich langsam über den Schirm. Punkt Albert verharrte bewegungslos. Und jetzt tauchte ein rotes kleines Etwas auf, das sich dem gelben Etwas allmählich näherte: *ETRATA 2* hatte ihr Ziel erkannt und flog hinterher! Nicht mehr lange konnte es dauern . . .
Plötzlich wurde Albert durch mehrere Zwischenfälle, mit denen er nicht gerechnet hatte, irritiert.
Erstens glaubte er zu erkennen, daß der Abstand zwischen *ETRATA 2* und Punkt Blümel, statt geringer zu werden, sich auf einmal vergrößerte. *ETRATA 2* änderte die Richtung! *ETRATA 2* kam vom Ziel ab! Was war der Fehler? Falschprogrammierung? Computerversehen? Fieberhaft betätigte Albert diverse Knöpfe und Hebel – ergebnislos: *ETRATA 2* war drauf und dran, gänzlich vom Bildschirm zu verschwinden – etwa irgendwo in der Atmosphäre nutzlos zu verglühen?
Zweitens – und Albert erschrak bei dieser Feststel-

lung – fuhr ein Wagen auf die Wiese und hielt, knapp dreißig Meter von dem Wohnmobil entfernt, auf gleicher Höhe. Der amerikanische Wagen! Blümel am Steuer! Auf dem Bildschirm standen jetzt der gelbe und der blaue Punkt gefährlich dicht nebeneinander.

Und drittens: auf der anderen Seite von Alberts Wagen, ebenfalls mit etwa dreißig Meter Abstand, parkte plötzlich der Mercedes mit den merkwürdigen Verfolgern Dieter Blümels. Sie hatten diesen Platz recht geschickt gewählt, konnte sie doch der Verfolgte wegen des Wohnmobils dazwischen nicht gleich sehen.

Diese veränderte Situation erkennend, belud Albert in Windeseile die Abschußrampe mit seinem zweiten Exemplar der *ETRATA 2* – seinem letzten, und damit alles auf eine Karte setzend! – regulierte hastig ihre Start- und Flugelektronik und schickte sie mit einem inbrünstigen Fluch auf die Reise. Zischend entschwebte die Taube in den nunmehr fast dunklen Himmel.

Didi schien jedoch mitbekommen zu haben, daß seine Verfolger in der Nähe waren. Er verließ das Auto und schlich vorsichtig, jede Deckungsmöglichkeit nutzend, auf das Wohnmobil zu, um von hier aus einen Blick auf die andere Seite der Wiese werfen zu können.

Albert hatte seine Aufmerksamkeit inzwischen wieder auf den Bildschirm konzentriert – und fuhr ent-

setzt zusammen: Der gelbe Punkt bewegte sich unaufhaltsam auf den blauen zu, fast hatte er ihn erreicht.
Albert spähte aus dem Fenster. Im letzten Dämmerlicht erkannte er – und die Haare sträubten sich ihm! – Didi dicht neben sich, er ging mit vorsichtigen Schritten um den Wagen herum, um bessere Sicht zu bekommen.
Jetzt konnte es nur noch Sekunden dauern, bis *ETRATA 2* nach dem aus ballistischen Gründen erforderlichen weiten Bogen, den sie zu beschreiben hatte, an ihrem Ziel eintreffen würde, magisch angezogen von dem geheimnisvoll tickenden Uhrwerk in dem goldenen Feuerzeug, das Didi noch immer in seiner Tasche trug.
Was Albert in diesem Augenblick nicht wissen konnte: Auf der anderen Seite waren Emilio und Alfredo leise auf das Wohnmobil zugegangen, um ihrerseits Didi zu beobachten und zu sehen ob er nicht endlich daran dachte, seine von dem Mafiosi so umsichtig, aber vielleicht nicht ganz perfekt vorbereitete Himmelfahrt anzutreten.
In diesem Moment verließen Albert die Nerven. Um nicht Opfer seines eigenen Attentats zu werden, tat er das einzige, was ihm noch möglich blieb: er riß die Tür auf, sprang aus dem Auto und lief, so schnell er konnte, auf den von Didi verlassenen amerikanischen Wagen zu.
Dieser plötzliche Ausbruch aus dem Wohnmobil

hatte sowohl Didi als auch die beiden Italiener erschreckt. Alle drei suchten sofort volle Deckung, ohne einander in der Dunkelheit zu bemerken. Didi kroch von links unter den Wagen, Emilio und Alfredo kamen von rechts.

Im gleichen Augenblick erfolgte in ihrer unmittelbaren Nähe eine heftige Explosion. Eine Wolke von Staub hüllte das Wohnmobil ein, ein Regen von Metallstücken und Stoffetzen ergoß sich über die Wiese.

Ereignet hatte sich dies: Albert war in Didis Auto gesprungen, doch kaum hatte er den Motor eingeschaltet, erfüllte die Plastikbombe, wenn auch mit erheblicher Verspätung, endlich ihre furchtbare Pflicht . . .

»Klasse!« jubelte Emilio und boxte Alfredo vergnügt in die Seite.

»Ich hätte mich auch sehr gewundert!« rief sein Kumpan zufrieden.

Didi, von der Wucht der Explosion noch fast betäubt, vernahm die Worte der beiden Männer, die er erst jetzt gewahrte, wie durch eine Nebelwand. Als er aber begriff, um wen es sich handelte und daß er von Ihnen noch nicht entdeckt worden war, schob er sich rückwärts ins Freie, sprang auf und lief vorsichtig auf den Mercedes seiner Verfolger zu.

Was er nicht gemerkt hatte: daß ihm beim Hinwerfen das goldene Feuerzeug aus der Tasche gefallen war . . .

Alfredo entdeckte es. »Guck mal!« sagte er und zeigte es Emilio. »Hübsch, nicht?«
»Behalte es als Erinnerung an diesen großen Tag«, sagte Emilio
Dieser Wunsch sollte ein frommer bleiben. Denn im gleichen Augenblick hatte *ETRATA 2* ihr Ziel erreicht und schlug ein. Mit unübertrefflicher Präsizion war sie des Meisters Befehl gefolgt.
Es gehört zur Tragik Albert Möllemanns, des genialen Erfinders und Konstrukteurs, daß er diesen seinen größten Triumph nicht mehr erleben durfte – wir hätten es ihm (trotz des peinlichen Mißbrauchs, den er mit seinen großen innovativen Gaben zweifellos trieb) von Herzen gegönnt. Vielleicht wäre er, hätte er überlebt, angesichts der Tatsache, daß ausgerechnet dieser bedeutende Erfolg gleichzeitig die Zerstörung seines Lebenswerks herbeiführen sollte, verzweifelt – wir wissen es nicht. (Möglicherweise hätte diese Verzweiflung aber auch zu einer charakterlichen Läuterung geführt).
Das schwergewichtige Täubchen war also wie ein Bumerang an seinen Startplatz zurückgekehrt, dort nicht nur zwei Männer mit italienischen Pässen ins Jenseits befördernd, sondern auch das Möllemannsche Know-how unwiderbringlich zerstörend und damit dem technischen Fortschritt insgesamt einen schweren Rückschlag zufügend. Die Nachwelt wird es auszubaden haben.
»Wer anderen eine Grube gräbt . . .« Unsere makabre

Geschichte erlaubt es, das wohlbekannte Sprichwort heute neu zu formulieren:
»Wenn zwei gleichzeitig einem dritten je eine Grube graben, fällt möglicherweise der eine in die Grube des anderen, der andere in die des einen ...« Aber das ist ein so komplizierter Satz, daß er sich im Volksmund vermutlich nicht durchsetzen wird.
Bleibt noch zu erwähnen, daß Didi nach der zweiten Detonation, als habe ihn eine Tarantel gestochen, aus dem Mercedes, mit dem er gerade davonfahren wollte, wieder heraussprang. Sollte dieses Auto, weil doch aller guten Dinge drei sind, auch noch in die Luft fliegen?
Wie ein vom Gerichtsvollzieher Verfolgter stolperte er davon. Der Mercedes blieb heil.
Erst viel später, nachdem er sich ein wenig beruhigt hatte, kam ihm ein geradezu tröstender Gedanke: Wie gut, daß ich nicht weiß, wie man einen Auspuff repariert! Ich hätte mich wirklich umsonst strapaziert!

Eine recht ausgerottete Familie

Kriminalkommissar Becker begab sich zu seinem Vorgesetzten, Kriminaloberrat Dr. Offenbach. Er fühlte sich zu schwach, um, wie sonst, die paar Stufen hinaufzuspringen, die zum Büro des Chefs in der darüberliegenden Etage führten. Deshalb benutzte er den Fahrstuhl.

Becker war grau im Gesicht. Müde schleppte er sich in das Vorzimmer, die Sekretärin erschrak bei seinem Anblick. »Aber, Herr Becker, fühlen Sie sich nicht wohl?«

Er winkte ab. »Ich muß ihn sprechen!«

»Ja, bitte«, sagte sie. »Gehen Sie doch hinein!«

Er klopfte, trat ein, schloß hinter sich die Tür. Becker – ein gebrochener Mann.

»Hallo, Becker!« sagte Dr. Offenbach. »Wie sehen Sie aus? Was haben Sie auf dem Herzen?

Der Kommissar schluckte. »Herr Dr. Offenbach, ich bin gekommen, um meine Pensionierung zu beantragen – meine vorzeitige . . .«

»Was? Sie sind doch viel zu jung? Gerade erst sechzig! Was ist los, Becker?«

»Der Fall Möllemann, Herr Dr. Offenbach. Der hat mich geschafft. Zwei neue Tote heute nacht –«
Der Oberrat erschrak. »Etwa namens Möllemann?«
Becker nickte. »Ein Albert und ein Emilio . . .»
»Und der Mörder, dieser – wie heißt er noch? – dieser Blümel?«
»Der mutmaßliche Mörder, bitte . . . Ihm ist nichts nachzuweisen.«
»Aber hat er nicht in allen bisherigen Fällen seine Hand im Spiel gehabt?«
»Ob im Spiel – wage ich nicht zu behaupten. Aber er war immer in der Nähe der Opfer.«
»Und jetzt? Bei den neuen Leichen?«
Der Kommissar ließ sich erschöpft auf einen Stuhl fallen. »Noch keine Erkenntnisse. Zwei explodierte Autos. Möglicherweise eingebaute Sprengkörper. Drei zerfetzte Leichen –«
»Mann, drei?«
»Die dritte hieß nicht Möllemann.«
»Ach so.« Jetzt setzte sich auch der Kriminaloberrat. Schweigend blickten die Herren vor sich hin.
»Und da wollen Sie jetzt, Herr Becker – in einer so heißen Phase wollen Sie kapitulieren? Dazu werde ich nicht meine Erlaubnis geben.«
Der Kommissar zuckte mit den Achseln. »Mir fällt nichts mehr ein. Ich bin ausgebrannt.«
Wieder schwiegen beide. Dann sprang Offenbach auf, trat ans Fenster. »Sagen Sie – Ihr Assistent, der Langenhagen, wie macht er sich denn?«

Becker seufzte. »Ich kann nur wiederholen: so einen wie den hatte ich noch nie!«

»Hm, hm . . .« Offenbach ging ein paar Schritte auf und ab, seinem Besucher einen kurzen Blick, zuwerfend. »Also gut, Becker, ich werde Ihren Pensionierungsantrag weiterleiten. Langenhagen übernimmt den Fall Möllemann . . .«

»Wie bitte?« Becker sprang auf. »Unmöglich!«

Der Oberrat fing an zu lachen. »Nanu? Ich denke, so einen hatten Sie noch nie?«

»Ja, eben! Deshalb!«

»Ich mache Ihnen einen Vorschlag. Über Ihre Zukunft reden wir später. Zuerst wird der Fall Möllemann gelöst. Und den Langenhagen möchte ich mir mal selbst vornehmen, ich komme mit herunter.«

Die Herren gingen.

In der Mordkommission war während dessen, zum drittenmal, Rechtsanwalt Dr. Praetorius erschienen. Und zum drittenmal stand er keinem Geringeren als dem Assistenten Langenhagen gegenüber.

»Ach, Sie!« sagte Langenhagen. »Wollen Sie noch immer die Verteidigung unseres Massenmörders übernehmen?«

»Ist Herr Blümel denn überführt?«

»So gut wie.«

»Ich muß ihn sofort sprechen!«

Langenhagen fing an zu lachen. »Er ist noch nicht vom Bierholen zurück. Wir hatten ihn gestern dafür beurlaubt.«

Der Rechtsanwalt blickte ihn kopfschüttelnd an. »Was für ein Spiel treiben Sie eigentlich mit dem Mann? Ich hörte im Radio von weiteren Attentaten. Es sollen wieder zwei Leute namens Möllemann unter den Opfern sein. Wissen Sie, daß mich das außerordentlich interessiert?«

Wie elektrisiert drehte Langenhagen sich um. »Was sagen Sie da? Kennen Sie die Toten? Was wissen Sie über Ihren Umgang? Mein Herr, ich werde Sie sofort verhören! Das ist eine Amtshandlung! Sie können Ihren Rechtsanwalt benachrichtigen!«

»Ich bin selbst Anwalt, falls Sie das vergessen haben sollten!«

»Ach ja, richtig.«

Kriminaloberrat Dr. Offenbach und Kommissar Bekker betraten das Zimmer.

Langenhagen sprang auf. »O, Herr Oberrat, guten Morgen! Bitte, nehmen Sie doch Platz.«

»Danke«, sagte Offenbach.

Sprühend vor Eifer wandte Langenhagen sich an seinen Chef. »Etwas sehr Wichtiges, Herr Becker. Dieser Mann hier kennt die Toten von heute nacht! Er will eine wichtige Aussage machen!«

»Mein Herr!« donnerte Praetorius in diesem Augenblick den Assistenten an. »Was erlauben Sie sich! Wie kommen Sie dazu, sämtliche Tatsachen auf den Kopf zu stellen!«

Erstaunt betrachtete Dr. Offenbach den Besucher.

»Ich bin Rechtsanwalt Dr. Praetorius aus Stuttgart

und versuche seit Tagen, von der Mordkommission Auskünfte zu erhalten.«

»Ich denke, Sie wollen eine Aussage machen.«

»Unsinn! Dieser Herr hier verdreht mir jedes Wort im Mund!«

»Was heißt, seit Tagen? Warum sind Sie nicht zu mir gekommen?«

»Weil dieser Herr hier, den ich nach seinem Gebaren für den Chef der Mordkommission halten mußte, mich daran gehindert hat!«

Langenhagen wollte etwas sagen, aber Dr. Offenbach brachte ihn mit einer energischen Handbewegung zum Schweigen.

»Gut«, sagte der Kommissar. »Jetzt sind Sie also hier. Und was wünschen Sie?«

»Ich habe Herrn Blümel etwas Wichtiges mitzuteilen. Schon von Stuttgart aus habe ich ihm geschrieben –«

»Bedaure«, sagte Becker. »Herr Blümel ist in einige seltsame Delikte verwickelt.«

»Ich habe gelesen. Mordverdacht. Und die Toten heißen immer Möllemann? Stimmt das wirklich?«

»Leider ja.«

Der Rechtsanwalt wandte sich Langenhagen zu, der etwas kleinlaut beiseite getreten war. »Hat Herr Blümel endlich meinen Brief erhalten?«

»Wie denn? Wann denn?« fragte Langenhagen. »Er ist doch verschwunden!«

»Was für einen Brief?« mischte sich jetzt der Kriminaloberrat ein.

Langenhagen zog mit betretener Miene etwas aus seiner Tasche. »Den hier...«
»Wie kommen Sie dazu?«
»Wir haben ihn in Blümels Wohnung beschlagnahmt.«
»Meine Herren«, sagte der Rechtsanwalt, »vielleicht kommen wir schneller weiter, wenn ich Sie von dem Inhalt des Briefes in Kenntnis setzen darf. Da ich ihn geschrieben habe, habe ich auch das Recht, ihn zu öffnen.« Er riß den Umschlag auf, nahm das Schreiben heraus, entfaltete es und gab es Becker. »Bitte, lesen Sie!«
Und Becker las vor: »Sehr geehrter Herr Blümel – als Testamentsvollstrecker des verstorbenen Herrn Direktors Gustav Möllemann –« Erstaunt ließ er das Schreiben sinken und blickte seinen Vorgesetzten an. Dann las er weiter: »– erlaube ich mir, Ihnen mitzuteilen, daß Herr Möllemann Sie zu seinem Alleinerben eingesetzt hat. Ich bitte Sie, sich in den nächsten Tagen mit mir in Verbindung zu setzen, damit ich Sie über Einzelheiten des Testaments informieren kann, was auf den Wunsch des Verstorbenen in seiner Villa bei Stuttgart erfolgen soll. Mit freundlichen Grüßen – Praetorius, Rechtsanwalt.«
»Das ist ja interessant!« flüsterte Langenhagen.
»Allerdings!« fuhr Becker ihn an. »Warum haben Sie mir nichts von dem Schreiben gesagt?«
»Sie waren doch so beschäftigt...«
»Fünf Tote namens Möllemann«, meditierte der

Oberrat. »Geht man da vielleicht nicht fehl in der Annahme, daß diese Leute – aber nein, das wäre ja nicht auszudenken!«
Rechtsanwalt Praetorius lächelte. »Vermuten Sie etwa, daß es sich bei diesen Leuten um – Familienangehörige handeln könnte, die leer ausgegangen sind und jetzt ihr Mütchen kühlen wollten – an dem Alleinerben?«
»Man könnte es fast glauben ...«
»Sie meinen – die Rache der Enterbten?« Becker mußte plötzlich lachen.
»Würde es sich denn lohnen?« fragte Dr. Offenbach.
Der Rechtsanwalt lächelte nicht mehr, er grinste. »Nun, wie man es nimmt. Es handelt sich um etwa dreißig Millionen.«
Diese Antwort verschlug den Beamten zunächst die Sprache. Dann rief einer: »Aber das erklärt doch noch nicht, weshalb sie plötzlich alle tot sind, die Enterbten! Haben Sie sich gegenseitig umgebracht?«
Plötzlich sprang Becker erregt auf. »Wir müssen sofort Herrn Blümel erwischen!«
»Er ist immer noch Bier holen«, sagte Langenhagen sarkastisch.
Da schrie Becker: »Ich verbitte mir Ihre Scherze! Kapieren Sie nicht, daß sich Herr Blümel in höchster Gefahr befindet? Wieviel Möllemanns gibt es noch, die hinter ihm her sein könnten?«

»Nach meiner Aufstellung dürfte keiner mehr übrig sein«, sagte der Rechtsanwalt lakonisch. »Aber – kann man's wissen?«
Auch Dr. Offenbach wurde von der Aufregung ergriffen. »Großfahndung!« befahl er. »Nicht auszudenken, was die Presse schreibt, wenn sie hört, was dahinter steckt. Veranlassen Sie alles, Herr Becker! Wir brauchen den Blümel tot oder lebendig!«
»Lebendig wäre mir lieber«, sagte Dr. Praetorius.
»Soll ich meinen Vater anrufen?« fragte Langenhagen.
»Das überlassen Sie lieber mir«, antwortete der Kriminaloberrat kühl. »Ich kann ihm bei dieser Gelegenheit empfehlen, sich für seinen Sohn eine andere Karriere auszudenken...«
»Aber ich habe gar keinen Bruder!« rief Langenhagen. Erst nach einer Weile schien er zu begreifen und verließ niedergeschlagen das Zimmer.
Großfahndung – das war etwas nach Beckers Geschmack. Umsichtig traf er alle erforderlichen Maßnahmen, in drei Minuten würden Dutzende von Streifenwagen der Polizei ausschwärmen und Hunderte von Beamten sich auf die Suche nach einem einzigen Mann in Berlin machen.
Und da geschah etwas, das alle, die an diesem denkwürdigen Vormittag im Polizeipräsidium, Abteilung Mordkommission, dabei waren, nicht vergessen werden.
Plötzlich stand ein jubelnder Kriminalkommissar

Langenhagen in der Tür und rief immer wieder: »Ich habe ihn! Ich habe ihn! Ich habe ihn!«
Erstaunt blickte alles ihn an. Und dann schob Langenhagen ein zitterndes Bündel Mensch vor sich her in den Raum: Dieter Blümel.
Total entnervt warf sich Didi dem Kommissar zu Füßen.
»Herr Becker, ich gestehe! Ich gestehe alles! Aber schützen Sie mich! Sperren Sie mich ein. Ich bin der Mörder! Ja, ich habe alle Möllemanns getötet, den und den und die – ich weiß nicht, wie sie alle heißen . . .«
»Ach nee«, sagte Offenbach verblüfft. »Alle?«
»Alle!«
»Und was, bitte, war Ihr Motiv?«
Erstaunt blickte Didi auf. »Wieso Motiv?«
»Sie müssen doch ein Motiv für Ihre Untaten gehabt haben!«
»Ach so, ja, warten Sie mal – weil mir ganz einfach so zumute war! Ich hasse alle Leute, die Möllemann heißen.«
»Na, nun stehen Sie mal auf, lieber Herr Blümel, und fassen Sie sich«, sagte Becker. »Holt mal was zu essen und zu trinken für unseren Glückspilz!«
In aufgeräumter Stimmung – Becker hatte die Großfahndung sofort abgeblasen – setzten sich die Herren zu Didi und sahen zu, wie er gierig belegte Brote und ein paar Buletten verschlang und ein Flasche Saft (»Bier haben wir leider nicht!«) hinunterstürzte.

Dann hielt es Dr. Praetorius für angebracht, Dieter Blümel den bewußten Brief zu überreichen. Didi las und zuckte nur mit den Schultern. »Ich verstehe kein Wort.«
»Herr Blümel, ist Ihnen der Name Möllemann wirklich so unbekannt?«
»Nee«, sagte Didi. »Meine Mutter war eine geborene Möllemann.«
Becker schlug die Hände über dem Kopf zusammen. »Mann, warum haben Sie uns das nicht gleich gesagt?«
»Aber Gustav Möllemann, Direktor? Kenn' ich nicht? Wer ist das?«
»Ihr Onkel dritten Grades, wenn man so sagen darf«, erklärte der Anwalt.
»Und warum hat der ausgerechnet mich zum Alleinerben eingesetzt?«
»Weil Sie der einzige Verwandte sind, so sagte er jedenfalls, der niemals Geld von ihm haben wollte.«
»Ach du liebe Güte!« rief Didi. »Wenn ich den gekannt hätte! Ich wäre auf Knien zu ihm hingerutscht, um ihn anzupumpen!«

»Wollen Sie sich noch immer pensionieren lassen, Herr Becker?« fragte Offenbach, nachdem Didi und der Rechtsanwalt gegangen waren.
Der Kommissar lachte. »Ich bleibe – unter einer

Bedingung: Meine Assistenten suche ich mir künftig selber aus!«
»Einverstanden!«

Ein Toter lebt weiter

Wer gestern noch am Hungertuch nagte, wer es weder mit dem Verkauf schwergewichtiger Literatur (»nackte Weiber und so . . .«) noch mit der Reparatur kaputter Autos fertigbrachte, seinen Lebensunterhalt zu bestreiten, wer überhaupt ein so armseliges Dasein führte wie unser Dieter Blümel, der vermochte mit der Tatsache, plötzlich Millionär geworden zu sein, und zwar vielfacher, nicht so schnell fertigzuwerden.

Didi wäre zu schwören bereit gewesen, daß er sich in einem permanenten Traumzustand befand. Zuerst die Aufregungen mit den Morden und Ermordeten um ihn herum, mit den Fluchten und Verfolgungen, alsdann mit der angeblichen Erbschaft. Bitte, mochte da noch kommen, was da wollte. Er ließ jetzt alles mit sich geschehen. Daß er von Dr. Praetorius von Kopf bis Fuß neu eingekleidet, im Flugzeug mit nach Stuttgart genommen und schließlich in das paradiesische Heim von Direktor Gustav Möllemann gebracht wurde – herrlich, alles nur Traum, Traum, Traum. Didi sagte sich: mitmachen, mitnehmen,

nichts auslassen! Die graue Wirklichkeit würde ihn früh genug wieder in den Dreck der Armut und Bedeutungslosigkeit herabziehen. Aber bis dahin: alles mitnehmen, was sich mitnehmen ließ. Und das hieß in disem Augenblick: weiterträumen!
Im Flugzeug hatte der Rechtsanwalt ihm einen langen Vortrag über Onkel Gustav und die Möllemannsche Privatbank gehalten, über den Familien-Stammbaum und dessen viele Äste und Zweige. Didi hatte freundlich genickt und sich bemüht zuzuhören, war aber bald eingeschlafen, schließlich hatte er viel nachzuholen. Und wenn er dann und wann wieder aufgewacht war, hatte er immer nur darüber gestaunt, daß er tatsächlich im Flugzeug und neben einem leibhaftigen Testamentsvollstrecker saß, der nicht aufhörte, von einer riesigen Erbschaft zu faseln, die Didi angeblich gemacht hatte. Aber Praetorius hatte auch nicht unterlassen, seinen Klienten auf die ungeheuren Gefahren hinzuweisen, die für einen der Finanzkünste unkundigen und im Lebenskampf schwächlichen Menschen mit dem Besitz eines so unvorstellbar großen Vermögens verbunden sind. Er schilderte die Gefahren in so grellem Licht, daß sich Didi verschreckt in seinem Sitz zusammenkauerte. Der Traum fing an, bedrückend zu werden und ihn zu beunruhigen.
Als sie den Möllemannschen Park, die Möllemannsche Villa betraten, hatte er sich mehrere Male ins Ohrläppchen gezwickt. Aua! Ja, es tat jedesmal weh!

Er träumte also wohl doch nicht, er bewegte sich durch eine reale, wenn auch märchenhaft prachtvolle Welt.
Dann führte Praetorius ihn in den großen hellen Salon, in dem kürzlich erst fünf Träger des Namens Möllemann gesessen hatten, die inzwischen alle – es war nicht zu fassen! – der kühle Rasen deckte. Didi mußte Platz nehmen und lauschte mit verständlicher Eingeschüchtertheit auf die Worte des Anwalts.
»Herr Blümel, wie ich Ihnen bereits in Berlin sagte, ist es der Wunsch des Verstorbenen, Ihnen in diesem Raum die Einzelheiten seines Testaments bekanntzugeben. Und zwar wird Herr Direktor Möllemann selbst zu Ihnen sprechen ...«
Didi erschrak. »Moment mal! Ich denke, der Verstorbene – ist verstorben?«
Praetorius lächelte. »Warten Sie ab!« Er drückte auf einen Knopf am Schreibtisch. Die Bücherwand dahinter öffnete sich. Eine Videoanlage wurde sichtbar.
»Toll!« staunte Didi.
Der Notar schob eine Videokassette in den Recorder, der Bildschirm wurde lebendig, ließ Farben und Konturen erkennen. Und plötzlich sah Didi einen alten Herrn im Sessel sitzen und ihn freundlich anblicken.
»Ist er das?« flüsterte er.
Praetorius nicke.
Und Onkel Gustav hub an zu sprechen.

»Lieber Herr Blümel – oder besser gesagt: lieber Dieter, lieber Neffe dritten Grades! Du kennst mich nicht, ich kenne dich nicht, obgleich ich inzwischen mehr über dich weiß als du über mich ... Du wirst sehr erstaunt – und hoffentlich auch erfreut sein, dich von mir als Alleinerbe meines nicht gerade unbeträchtlichen Vermögens eingesetzt zu sehen. Den Grund will ich dir sofort erklären, und ich hoffe, daß du gut zuhörst –«

»Aber ja, gewiß, Herr Möllemann!« versicherte Didi.

»Wer reich ist«, fuhr der Onkel fort, »braucht sich über seine Erben keine Gedanken zu machen. Die passen schon auf, die melden sich rechtzeitig. So auch in meinem Fall. Aber meine Erben, fünf Stück, gefallen mir nicht, sie passen mir nicht, sie liegen mir nicht, ich mag sie nicht –«

Onkel Gustav wurde richtig böse bei diesen Worten, man merkte ihm die Erregung an.

»– kurz und gut: ich habe sie enterbt. Und dann erkannte ich plötzlich, daß es gar nicht so leicht war, für sie Ersatz aufzutreiben. Bis ich dich entdeckte – irgendwo an einem entfernten Zweig meines Stammbaums hast du gezappelt. Ich habe dich beobachten lassen, ohne daß du es gemerkt hast. Ein mir sehr lieber, sehr vertrauter Mensch hat sich in Berlin heimlich dir genähert und dich unter die Lupe genommen –«

»Ach du Schreck!« entfuhr es Didi.

»– und dabei festgestellt, daß du ein armer Tropf

bist, vom Pech verfolgt, vom Leben gebeutelt, wie man so schön sagt, daß du dich aber niemals aufgegeben hast, immer gestrampelt, um oben zu bleiben. Was hast du nicht alles angefangen, um ein bißchen Geld zu verdienen, und wie schwer hat es dir deine Umwelt gemacht! Du aber, lieber Dieter, bist dabei immer sauber geblieben, ehrlich, naiv zwar, vielleicht ein bißchen zu naiv, aber dein Herz blieb rein und dein Gewissen auch. Kurz und gut: mir gefiel, was mir da über dich berichtet wurde, und deshalb beschloß ich, dich zu belohnen. Allerdings rate ich dir, auf der Hut zu sein. Du hast fünf Verwandte – kennst du sie überhaupt? –, die sehr böse auf dich sein werden, wenn sie erfahren, daß sie leer ausgehen sollen, was heißt böse, vielleicht werden sie dir schaden wollen, um meinen letzten Willen noch zu korrigieren, dahingehend, daß die gesetzliche Erbfolge einträte, von der sie sich Gewinn versprechen. Also, Junge, paß auf dich auf und laß dich nicht unterkriegen. Rechtsanwalt Praetorius wird dir die Namen deiner Verwandten sagen, vor denen du dich in acht nehmen mußt, und von ihm wirst du alle Unterlagen erhalten, um dich in den Besitz meines Vermächtnisses zu setzen. Erweise dich meines Vertrauens würdig, Dieter, und laß es dir gut gehen! Ich wünsche dir von Herzen Glück, adieu!«

Der Onkel verschwand vom Bildschirm, der Recorder wurde ausgeschaltet.

Didi blieb erschüttert sitzen, keines Wortes mächtig.

Was für ein Mann – wie gütig, wie umsichtig, wie großzügig!

Gustav Möllemann, sein Onkel dritten Grades...

»Ich gratuliere, Herr Blümel!« sagte der Rechtsanwalt und gab ihm die Hand. Didi stand auf, noch immer sprachlos.

»Vielleicht sollte ich die Worte Ihres Onkels ein wenig ergänzen...« Praetorius wies auf die Sessel in einer Ecke des Salons und öffnete ein Schränkchen. »Es gibt hier einen guten Cognac, der wird uns das Gespräch erleichtern.«

»O ja«, flüsterte Didi. »Ich brauche jetzt was Hartes!«

Sie setzten sich.

»Die Warnung vor den fünf Möllemanns ist ja nun überflüssig geworden. Da haben Sie ein sagenhaftes Glück entwickelt, Herr Blümel.«

Didi nickte und goß sich ein.

»Leider habe ich inzwischen festgestellt« – die Miene des Rechtsanwalts verdüsterte sich – »daß Ihnen noch viel größere Gefahren bevorstehen. So ist es immer, wenn jemand über Nacht zum Millionär wird: irgendwo werden Dolche geschliffen, Pistolen geladen, Gifte gemischt –«

»Um Gottes willen«, rief Didi, »was vermuten Sie denn?«

»Die bewußten fünf Möllemanns hatten mehrere Helfershelfer engagiert, die die eigentliche Arbeit verrichten sollten –«

Didi erschrak. »Welche Arbeit? Mich – umzubringen?«
Praetorius nickte betrübt. »Leider sieht es so aus ... Ich fürchte, Sie werden sich sofort eine Leibwache engagieren müssen –«
»Eine Leibwache? Was ist das denn?«
»Sechs bis acht handfeste Kerle, die vor nichts zurückschrecken. Die müssen ständig um Sie herum sein. Kostenmäßig ist das kein Problem für Sie ...«
»Sechs bis acht? Das ist ja furchtbar!«
»Und Ihr Haus – falls Sie hier wohnen bleiben wollen, denn die Villa gehört Ihnen ja auch – müssen Sie total verkabeln. Eine umfassende Alarmanlage einbauen. Die heult bei der geringsten Berührung auf. Und Scheinwerfer tasten während der ganzen Nacht die Fassaden ab ...«
Didi sprang auf. »Auf keinen Fall bleibe ich hier wohnen! Ganz allein in diesem großen Haus? Ich fliege nach Berlin zurück!«
Der Rechtsanwalt lachte ein helles meckerndes Lachen. »Ja, glauben Sie denn, daß Sie in Berlin sicherer wären? Daß Sie irgendwo auf der Welt sicherer wären, solange Sie dreißigfacher Millionär sind? Da setzt eine internationale Fahndung nach Ihnen ein, das überregionale Verbrechersyndikat hat in sämtlichen Schlupfwinkeln der Erde seine Verbindungsleute ...«
»Nein, nein, hören Sie auf!«
»Und das Allerschlimmste habe ich noch gar nicht

erwähnt: das Finanzamt! Was glauben Sie, was Ihnen das Finanzamt alles wegnimmt: mindestens zwanzig Millionen! Für den Rest können Sie gerade noch ein paar Jahre lang Ihre Leibwache bezahlen – und dann ist alles futsch, aus, finito! Na, Sie werden vielleicht Augen machen, Herr Blümel, falls Sie dazu überhaupt noch fähig sind.«

Totenblaß lehnte Didi an der Wand, er zitterte am ganzen Körper. »Aber – aber, das habe ich ja gar nicht gewußt...«

»Nicht gewußt? Herr Blümel? Ein Mann von Welt weiß, was auf ihn zukommt, wenn er erbt! Ich deutete ja schon im Flugzeug an, wie schlimm es ist, wenn man unkundig und lebensuntüchtig von einem derartigen Schicksalsschlag getroffen wird.«

»Aber, was mache ich denn da?«

»Nichts. Abwarten, bis der Feind zuschlägt. Vielleicht haben Sie wieder Glück, wie bei den fünf Möllemanns...«

»Nein, nein! Das würde ich nicht noch einmal durchstehen! Auf keinen Fall nehme ich die Erbschaft an! Bitte, Herr Doktor, sprechen Sie sofort mit meinem Onkel–«

»Aber er ist doch tot!«

»Ach ja. Und deshalb kann er sein Testament nicht mehr ändern...«

»*Er* nicht. Da haben Sie recht. *Er* kann es nicht...«

Didi horchte auf. »Etwa ein anderer?«

Prateorius schien nachzudenken. »Gewiß. Sie!«

»Ich?«
»Natürlich. Jeder Mensch kann über sein Vermögen frei verfügen. Sie könnten zum Beispiel –«
»Zum Beispiel?« Didis Stimme klang hoffnungsvoll.
»Es zum Beispiel weitergeben. An eine gemeinnützige Organisation. An eine Stiftung des öffentlichen Rechts, die sich dem karitativen Dienst verschrieben hat.«
»O ja, das wäre mir recht. Karitativ! Gemeinnützig!«
»Das würde Ihnen obendrein den Dank des Volkes einbringen ...«
Didi griff wieder zur Flasche. »Und ich –? Was würde für mich übrigbleiben?« Aus seiner Stimme klang Katzenjammer.
»Lieber Herr Blümel, die Geschichte der Menschheit ist voll von Gewissensfragen! In Ihrem Fall heißt die Alternative: Reichtum oder Überleben!«
»Überleben!« sagte Didi kleinlaut.
»Ich wußte es. Sie sind ein Mann der Vernunft. Wollen Sie die Sache noch einmal überschlafen –«
»In diesem Haus? Nie!«
»– oder gleich Ihre Entscheidung treffen?«
»Gleich. Sofort. Ich habe mich schon entschieden. Aber wie mache ich das – verzichten? Würden Sie mir dabei helfen, Herr Doktor?«
Wie angenehm, daß Rechtsanwalt Dr. Praetorius ein gutmütiger, selbstloser Mensch war. Ja, sagte er freundlich, wenn er so nett darum gebeten werde, wollte er sich der Mühe nicht entziehen und Herrn

Blümel uneigennützig in die Tasche – Verzeihung, unter die Arme greifen.
Auf Onkel Gustavs Schreibtisch stand eine Schreibmaschine. Prateorius spannte einen Bogen ein und blickte Didi erwartungsvoll an. »Wollen Sie diktieren oder –?«
»Nein, das kann ich nicht! Bitte, Sie!«
»Gut. Dann formulieren wir mal . . . ›Hiermit erkläre ich, Dieter Blümel, daß ich das gesamte von meinem Onkel, Herrn Gustav Möllemann, ererbte Vermögen Herrn Rechtsanwalt Dr. Praetorius schenke mit der Auflage‹ –«
»Moment mal«, unterbrach Didi. »Schenken? Sie sagten doch: weitergeben . . .«
»Herr Blümel, es ist fast dasselbe. Das Wort ›weitergeben‹ beinhaltet vielleicht nicht so direkt die Abtretung des Eigentumsrechts an der Sache wie das Wort ›schenken‹. Hier darf kein Mißverständnis entstehen –«
»Ach so. Ja, wenn Sie meinen . . . Sie verstehen mehr davon als ich.«
»Also: ›– Herrn Rechtsanwalt Dr. Praetorius schenke, der versuchen will, eine karitative Organisation dafür zu interessieren.‹ Wäre es Ihnen so recht, Herr Blümel?«
»Ja, ja, schon gut.«
»Dann unterschreiben Sie bitte.«
Didi griff zum Kugelschreiber, als plötzlich eine Stimme rief: »Halt! Nicht unterschreiben!«

Erschrocken fuhr Praetorius herum. Didi blickte erstaunt auf. Da stand in der geöffneten Terrassentür, im Sonnenlicht, unübersehbar, in voller menschlicher Größe, stand da, aufrecht und trotz seines schneeweißen Haars sehr rüstig, von einer bildhübschen, blonden jungen Frau untergehakt, stand da wahrhaftig und quicklebendig und einen leicht mokanten Zug um den Mund erkennen lassend: Gustav Möllemann, vierundachtzig, Bankdirektor a. D.

Der Rechtsanwalt war zu einem Monument erstarrt. Atmete er überhaupt noch? Daß er Leben in sich haben mußte, erkannte man lediglich an seinen Augen, die aus den Höhlen zu quellen schienen, bis sie nicht mehr weiterkamen.

Didi, in letzter Zeit daran gewöhnt, mit Überraschungen fertigzuwerden, gab ein verwirrtes »Das darf doch nicht . . .« von sich, faßte sich aber schnell und rief durchaus erfreut: »Onkel Gustav!« Er wußte nur nicht recht, ob er auf den alten Herrn zugehen und sich ihm vorstellen oder ob er ihn nicht doch für einen Geist halten sollte, einen guten natürlich.

»Mir scheint, ich bin im richtigen Augenblick wieder lebendig geworden!« Drohend trat der Alte ins Zimmer. »Und mir scheint, ich habe im letzten Moment ein Schurkenstück des Herrn Praetorius verhindern können, eines weithin geschätzten Anwalts des Rechts. Des Rechts, wohlgemerkt! Babsie, Liebes, sag mir bitte, ob ich mich verhört habe?«

»Du hast dich nicht verhört«, sagte das hübsche Mädchen an seiner Seite. Es ging auf Didi zu und gab ihm die Hand. »Guten Tag, Dieter! Herzlich willkommen im Hause Möllemann! Du weißt nicht, wer ich bin. Aber ich kenne dich schon recht gut, ich habe dich ein paar Tage lang in Berlin beobachtet!«
»Ach, Sie waren das!« dienerte Didi linkisch. »Das hätte ich wissen sollen . . .«
Jetzt kam Leben in die Gestalt des Rechtsanwalts. »Herr Möllemann«, flüsterte er, »Herr Möllemann, das ist – aber das ist –«
»Lieber Praetorius, das ist alles ganz leicht zu erklären«, sagte Onkel Gustav und ließ sich in einen Sessel fallen. »Kennen Sie Benjamin Jonson?«
»Nicht p-p-persönlich«, stotterte der Anwalt.
»Das ginge auch schlecht, der Mann ist seit 350 Jahren tot. Er war Dramatiker und hat das Stück ›Volpone‹ geschrieben, aber von der Kunst haben Sie Paragraphenreiter ja keine Ahnung.«
Praetorius nickte beflissen.
»Dieser Volpone hat sich totgestellt, um beobachten zu können, wie sich seine Erben benehmen! Eine fabelhafte Idee! Die habe ich ihm ganz einfach geklaut, und unser guter Doktor Sanft hat mitgespielt. Ich muß sagen, die Testamentseröffnung war für mich ein toller Spaß. Daß ich dann aber noch einen gewissen Dr. Praetorius bei einer Riesen-Sauerei erwischt habe, gehört schon nicht mehr in den Bereich der Komödie, das ist ein echtes Trauerspiel –

oder vielmehr ein Krimi, wie ihn sonst nur die Glotze bietet!«
»Herr Möllemann, ich muß Sie bitten, das richtig zu sehen. Ich war dabei –«
»Ich war auch dabei, mein Herr. Und Babsie auch. Und unser harmloser Neffe dritten Grades auch. Also schweigen Sie besser...«
Didi, der das Gespräch aufmerksam verfolgt hatte, fühlte sich plötzlich ungemein wohl. Erleichtert stellte er fest, daß ein beklemmender Druck von seinem Herzen zu weichen begann. Was war das? überlegte er, was hat mich so belastet? Und plötzlich wußte er's: Onkel Gustav lebte wieder oder noch, und er, Didi, mußte ihn nicht mehr beerben! Er durfte sich auf eine Zukunft ohne Leibwache, ohne Alarmanlage, ohne Scheinwerfer und, ja, auch ohne Finanzamt freuen!
»Babsie, Liebes«, hörte er den Onkel sagen, »leg' doch bitte die Kassette ein, du weiß schon, welche!«
Babsie tat es.
»Passen Sie gut auf, Herr Dr. Praetorius, diese Szene wird vor allem Sie interessieren!«
Auf dem Bildschirm erschienen plötzlich die fünf Möllemanns, als sie sich noch für Erben hielten, und es erschien der Testamentsvollstrecker bei seiner Amtshandlung.
Da hatte Onkel Gustav, der alte Fuchs, sie doch alle heimlich gefilmt!
Babsie ließ den Anfang der Kassette schnell durch-

laufen. Folgende Szene aber wurde im Original-Ablauf gezeigt:
Otto Möllemann, der Afrika-Legionär, fuchtelte mit seiner Pistole vor der Nase des Rechtsanwalts und fragte: »Wenn dieser Blümel tot wäre – was wäre dann?« – »Ja, richtig!« rief Florentine. »Was wäre dann?« – »Aber liebe gnädige Frau«, sagte Dr. Praetorius und fing plötzlich an zu lachen. »Das wissen Sie genau so wie ich! Tote können nicht mehr erben!« Dann ergriff er seine Aktentasche, hob zum Abschied grüßend die Hand, drehte sich in der Tür noch einmal um und wiederholte leise, während die Kamera schnell auf ihn zufuhr und sein durchtriebenes Gesicht in Großaufnahme zeigte:« »Tote können nicht mehr erben ...« Nachdem die Tür sich hinter ihm geschlossen hatte, hörte man ihn noch einmal, von draußen, höhnisch lachen. Unbeweglich standen die fünf Erben. Aber die Blicke, die sie sich reihum zuwarfen, diese Blicke sprachen Bände.
»Danke, Babsie, Liebes!« rief Gustav Möllemann. »Das genügt!« Er wandte sich wieder dem Rechtsanwalt zu. »In diesem Augenblick wußte ich, Herr Praetorius, was in Ihnen vorging. Ich hatte nur noch keine Ahnung, was Sie planten. Das weiß ich erst seit einer Stunde. Sie haben recht: Tote können nicht mehr erben. Man sieht es am Schicksal meiner verehrten Neffen und Nichten. Die *Sie* natürlich nicht umgebracht haben. Sie beschmutzen sich

nicht die Hände. Sie machen die Leute auf andere Weise tot. Zum Beispiel mundtot. Und zwar durch Einschüchterung, durch Erpressung . . .«
»Glauben Sie mir, Herr Möllemann –«
»Nichts glaube ich Ihnen, mein Herr! Aber ich rate Ihnen dringend, sich jetzt sofort zu entfernen. Sie können von Glück reden, wenn ich es damit auf sich beruhen lasse!«
Mit einer fast verzweifelten Geste versuchte der Anwalt noch einmal, zu einer Äußerung zu gelangen, aber dann schienen ihm die geeigneten Worte nicht einzufallen und obendrein die Stimmbänder zu versagen, er blieb stumm und verließ mit knappem Gruß, den niemand beantwortete, schnell das Haus.
Didi war überwältigt. Von der souveränen Art, in der Onkel Gustav den Rechtsanwalt abserviert hatte, ebenso wie von einem neuen Lebensgefühl, das sich plötzlich in ihm ausbreitete, ohne daß es den geringsten Grund dafür gegeben hätte. Im Gegenteil: war er nicht mit einem Schlag seinen ganzen Reichtum wieder losgeworden, diese schrecklichen, gefährlichen, doch auch ungemein reizvollen, verlockenden Millionen?
Aber was hatte er dafür eingetauscht: die Begegnung mit einem wunderbaren alten Mann, der obendrein sein Onkel war, und einem entzückenden jungen Mädchen, das seinen Schutzengel gespielt hatte. Seltsam: vom Augenblick ihres Auftauchens an spürte er Sympathie für dieses ungleiche Paar.

Er ging auf den Alten zu. »Herr Möllemann, ich freue mich aufrichtig, daß es Sie gibt!«
Onkel Gustav betrachtete ihn prüfend von oben bis unten. »Herr Blümel«, sagte er streng, »auch wenn diese meine Existenz Sie um einige Hoffnungen ärmer macht, sehe ich keinen Grund für Sie, Ihren verwandtschaftlichen Status zu leugnen und mir das schuldige Du zu verweigern. Habe ich mich zu altmodisch ausgedrückt?«
Didi schwieg verlegen und dachte angestrengt nach. Babsie kam ihm zu Hilfe. »Du sollst Onkel Gustav nicht siezen . . .«
»Ach so!« Didi strahlte. »Gern, Herr Möllemann. Sage ich also du zu Ihnen?«
»Na, endlich, mein Junge. Ich weiß, du bist ein Mann, dem die Tat mehr bedeutet als das Wort, aber gerade solche Leute liebe ich! Komm mal her –«
Er zog Didi zu sich heran und zwang ihn, sich neben seinen Sessel zu hocken. »Du, wie du die fünf Möllemänner umgelegt hast – also, fabelhaft! Das macht dir so leicht keiner nach!«
Didi erschrak. »Ich war das nicht, Onkel Gustav –«
Der alte Herr lachte verschmitzt. »Ach nee, auch noch bescheiden? Übertreib' es nicht, mein Junge! Aber wie du willst, kein Wort mehr darüber. Nur noch so viel: als ich das gehört habe, wußte ich sofort: mein Erbe ist in guten Händen!«
»Wieso?« Didi blickte ihn unsicher an. »Ich erbe doch nun nicht mehr . . .«

»Mein Testament gilt nach wie vor! Du bist und bleibst mein Universalerbe. Allerdings wirst du dich noch ein Weilchen gedulden müssen, ich fühle mich zur Zeit recht rüstig – dank dieses blonden Schatzes an meiner Seite . . .« Zärtlich legte er seinen Arm um Babsies Hüfte. »So, und jetzt geht ihr beiden in den Garten! Liebes, zeig' ihm unseren Besitz – seinen künftigen Besitz!«

Sie gingen durch den Park mit seinen alten Bäumen und bunten Blumenbeeten und sagten kein Wort. In Didis gemartertem Kopf jagten sich viele Gedanken. Erst als sie sich an das Ufer des kleinen Sees setzten, fand er die Sprache wieder.

»Ich verstehe nicht«, begann er – und stockte schon wieder.

»Was verstehst du nicht?«

»Weshalb Onkel Gustav nicht dich als Alleinerbin eingesetzt hat!«

Babsie lachte. »Die Frage mußte ja kommen. Sie ist ganz einfach zu beantworten. Ich mag kein Geld, habe es nie gemocht. Ich liebe die Liebe und Männer, die mir Liebe geben können. Aber es muß die richtige Liebe sein. Und wenn ich Liebe habe, brauche ich kein Geld. Geld ohne Liebe macht unglücklich. Ich weiß, das ist dumm von mir –«

»Dumm? Du bist ein sehr, sehr kluges Mädchen, Babsie!«

Wieder schwiegen sie. Dann stellte er die zweite Frage, die ihn bedrückte.
»Wie lange werde ich wohl noch bei euch bleiben dürfen?«
Babsie sah ihn erstaunt an. »Solange du willst! Du gehörst doch jetzt zu uns! Aber wenn es dir nicht gefällt, kannst du auch etwas anderes machen. Du hast doch jede Freiheit!«
»Es ist sehr schwer, mit der Freiheit etwas anzufangen . . .«
»Und eines Tages wirst du dein Erbe antreten. Du, das werden wir groß feiern, ja?«
»Hoffentlich lebt Onkel Gustav noch lange!« Es klang geradezu ehrlich.
Babsie nickte zuversichtlich. »Ich denke, noch zehn bis fünfzehn Jahre . . .«
»Fünfzehn?« Didi rechnete nach und erschrak nun doch ein bißchen.
»Dann bin ich ja fast sechzig!«
»Na und?« rief Babsie. »Habe ich dir noch nicht gesagt, daß ich auf ältere Männer stehe?«

Bitte folgende Seiten beachten